CORÍN TELLADO

Un caballero y dos mujeres

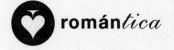

Título: Un caballero y dos mujeres
© 1984, Corín Tellado
© De esta edición: noviembre 2005, Punto de Lectura, S.L.
Juan Bravo, 38. 28006 Madrid (España)   www.puntodelectura.com

ISBN: 84-663-1523-3
Depósito legal: B-40.765-2005
Impreso en España – Printed in Spain

Diseño de cubierta: Éride
Fotografía de cubierta: © Stockphotos
Diseño de colección: Punto de Lectura

Impreso por Litografía Rosés, S.A.

10200 / 30

CORÍN TELLADO

Un caballero y dos mujeres

*Los preceptos de moral y religión tienen
mucha fuerza en las bocas
de aquellos que nunca faltaron a ellos.*

FERNÁN CABALLERO

1

Brian Jones solía jugar la partida de poker con sus amigos a la salida de la oficina, antes de retornar a su casa. Aquel día no era diferente de los demás. Brian pensaba que su vida era de una absoluta monotonía, pero entre vivir luchando y vivir tranquilo, aunque monótono, prefería lo último. Al fin había respirado. No había quedado muy bien parado moralmente entre los amigos, pero… también eso era superable.

Aparcó su vehículo ante el club social, saltó a la acera y se dirigió a la puerta principal a paso elástico, muy seguro de sí mismo. Y la verdad es que lo estaba, aunque los demás quizá creyesen lo contrario.

Él no tenía prejuicios de ningún tipo, y lo que pensaran o dijeran los demás le tenía totalmente sin cuidado. Por esa razón, siempre parecía bailar en sus labios una sonrisa irónica, y en sus negros ojos parecía ocultarse una absoluta indiferencia hacia todo y hacia todos. Pero tenía amigos o, dígase mejor, compañeros de trabajo, pues una amistad firme, íntima, la verdad, no la tenía, porque no creía en ella.

Rob, Frank y Pierre solían ser siempre los mismos contrincantes. Mantenía con ellos una relativa amistad, quizá superficial, pero mejor que con cualquier otra persona. Los tres trabajaban en distintos empleos en la fábrica de tejidos, de la cual él era alto ejecutivo. A la sazón Brian se sentía muy liberado, y sus amigos lo sabían, porque en los círculos de conocidos nadie ignoraba que, al fin, Sonia, la irascible esposa, le había dejado en paz después de ponerle en evidencia durante unos cuantos años. El divorcio fue fulminante. Y una vez la esposa recibió lo que pedía, y él se lo entregó por quitársela de delante, realmente se sentía como si naciera de nuevo y llevaba dos años naciendo cada día.

—¡Eh, Brian, estamos aquí!

El aludido se encaminó hacia la mesa, en la cual le esperaban sus compañeros.

—Pareces un despistado —le dijo Pierre—. Llevamos esperando más de una hora.

Brian se despojó de la pelliza de piel vuelta y la colgó en un perchero cercano.

—Cuando se es jefe no se sale cuando toca la campana, como hacen los demás. Me entretuve disponiendo algunos asuntos para mañana. Veamos, ¿qué se juega hoy? ¿La comida de la noche o sólo unas copas?

—La cena. Todos estamos libres. Y si no lo estamos, nos tomamos la noche por nuestra cuenta, que nuestras mujeres también suelen tomarse las suyas cuando les apetece —dijo Rob—. ¿La comida?

—Pues a ello.

La ganaron Brian y Rob, con lo cual no serían ellos los que pagasen. A las nueve salieron del club social y se fueron en dos coches a un restaurante de las afueras.

Pierre iba en el coche de Brian, y mientras fumaba, comentó, algo guasón:

—Molly, mi mujer, se pondrá furiosa. Suele darle la pataleta cuando regreso tarde. Pero también ella, cuando le apetece sale con sus amigas, y me deja a mí con los dos lebreles, que son como un huracán. A Molly la obedecen, pero a mí me saltan por las piernas, por las espaldas. Me dejan molido.

—Pero eres feliz casado con ella, teniendo dos hijos, y cuando vuelves al hogar te espera una mujer que te comprende.

—Por supuesto. Oye, a propósito, ¿no piensas casarte de nuevo? Te costó mucho quitarte de encima a Sonia, pero mereció la pena.

Brian torció el gesto. Era un tipo alto y fuerte, de gran personalidad. Tenía el pelo castaño oscuro, algo ondulado, si bien él lo peinaba sencillamente hacia atrás, procurando que no se ondeara, porque carecía de coquetería. Sus ojos negros, de expresión profunda, mirones, pero cálidos, denotaban un hombre bueno. Contaba treinta y nueve años, pero bien podía parecer que tenía dos más, por el pliegue de su frente y por las diminutas arruguitas que se formaban en torno a los ojos, sobre todo cuando hacía un gesto de contrariedad. En aquel instante vestía un traje de ejecutivo de color gris, con una diminutas estrellitas blancas, camisa cremosa y corbata verde. En el asiento de atrás llevaba la pelliza de piel vuelta. Era alto y bien parecido, aunque tenía una cierta mueca en el rostro que indicaba cansancio, hastío o monotonía.

—Afortunadamente, ella sí se casó —dijo Brian, sin dejar de atender el volante y alzándose de hombros—. Me alegro por ella, pero me apeno por el hombre que tenga que soportarla. Como bien se dice, no todos los hombres sirven para todas las mujeres, y al revés. Tal vez Sonia sea feliz con su nuevo marido y haga a su pareja igualmente dichosa. No se sabe nunca cómo reacciona una mujer, y todos sabemos que sus reacciones son casi siempre imprevisibles. Lo único que sé es que yo no tenía por dónde cogerla. Veinte años casado con ella, y no la conocía en absoluto.

—Pero ahora has descansado. ¿Qué dice Burt?

—¿Y qué quieres que diga? Él se pasa la vida estudiando. Tiene sus pandillas, sus asuntos. Su madre nunca fue muy amante de su hijo, no deseado. Tal vez la culpa de que naciera la tuve yo. Tenía dos opciones que no perdonaban en aquella época. O me casaba o Sonia abortaba; preferí lo primero. No hay nada más negativo que casarse por la fuerza.

—Pero vosotros os queríais.

—No para casarnos sin madurar. Pero… bueno, eso ya pasó a la historia —y sin transición—. ¿Estamos citados con los otros en el lugar de siempre?

—Claro.

* * *

Rob le decía a Frank:

—Si te digo una cosa que estoy pensando te vas a desconcertar.

—Dila, y ya veremos.

Rob aferró las manos al volante y emitió una risita burlona:

—Apostaría a que Brian, desde que se fue su mujer, no tocó un dedo femenino.

—Bueno, tú estás chiflado. Brian es hombre de mujer. ¿Dos años sin tocar una? No me lo creo.

—Pues se lo vamos a preguntar. Verás que nos responderá con franqueza. Brian no miente jamás. Quedó tan harto de su mujer que se me antoja que no ha vuelto a mirar una. Y si es así, tengo ganas de gastarle una broma.

—Rob, no te metas en asuntos serios. Si Brian no tocó mujer alguna desde que se fue la loca de Sonia, olvídate. Es cosa suya. Al menos, conmigo no cuentes. Y me extrañaría que Pierre te secundara. Además, Brian no es un amigo íntimo. Lo conocemos de siempre, es cierto, pero él no da demasiada confianza. Además detesta las bromas. Es hombre demasiado serio. Y si tú empiezas con tus bromitas pesadas, porque aceptarás que lo son y mucho, Brian puede fastidiarte desde su puesto de jefe, y tú de empleado. Buen empleado, pero, a fin de cuentas, en la nómina de los mil empleados de las empresas de las cuales Brian es un jefazo.

—Cuando dejamos las oficinas de la fábrica somos sólo compañeros, sin distinciones de ningún tipo —insistió Rob—. Brian acepta las bromas, y de paso se puede aprovechar de ellas. Pero antes tengo que saber si, en efecto, no volvió a hacer el amor desde que Sonia se largó con aquel pintor.

—No creo que Brian hiciera el amor con su mujer, Rob. Pienso que hace muchos años que el asunto, entre ellos, no existía. Supongo que Brian tendría una amiguita.

—¿Brian con amiguitas? No te lo creas. Es demasiado serio y detesta ciertas situaciones, como es la de la prostitución. Pienso que Brian jamás fue con una prostituta.

—Oye, Rob ¿es que piensas… ponerle una en bandeja? Ten mucho cuidado. Brian no es fácil. Tampoco le agradan ciertas bromas de mal gusto. Por otra parte, el que se estuviera peleando todo el día con su ex-mujer no quiere decir que en ciertos momentos no fueran amigos como pareja que representaban. Ya me entiendes.

—Seguro que te entiendo —rió Rob, sin dejar de pensar de modo obsesivo en hacerle una jugarreta a Brian—. A Sonia le iba la marcha. Y si bien hacía la vida imposible a su marido, para hacer el amor estaría siempre dispuesta. Es un misterio que sólo sabe Brian. Pero lo que yo sé es que hace dos años que se divorció, que vive solo con su hijo y que el hijo se pasa el día en la universidad o bien con sus amiguetes. Brian come en cualquier parte. No cabe duda de que anda desorientado. En realidad no estamos seguros de que se liberara cuando Sonia le plantó y se fue con otro. Eso siempre duele a un marido, por muy indiferente que quiera ser Brian. Lastima el amor propio, la hombría personal. Le humilla, en una palabra. Mira —Rob bajó la voz, malicioso—, no lejos del restaurante donde siempre comemos, hay una sala de fiestas de ésas donde suelen ocultarse líos sexuales… Conozco a la dueña. Es una fresca, que se mata por unos dólares. Hay reservados, y cositas así, aunque aparentemente no parezca que haya nada de eso. Y chicas formidables, que no están a la vista, pero que «madame» las reserva para sus amiguetes.

—Rob ¿te has vuelto loco?

—Tú, déjame a mí.

—Mucho sabes tú de ese burdel con pinta de sala de fiestas. ¿También lo sabe tu mujer?

—Betty me adora. No es celosa, afortunadamente, y es tan despistada que no se entera de nada. Además, yo la quiero. La quiero tanto que la engaño muy pocas veces, y cuando la engaño estoy deseando verme junto a ella… Ya ves tú… De vez en cuando, a uno le gusta hacer una travesura, y es cuando más desea a su propia esposa. ¿Es que tú nunca engañas a Bella?

—Jamás. Una comida, una partida y una noche de copas. Pero de mujeres, nada de nada. Me basta la mía.

—Y, seguramente —se burló Rob—, así toda la vida desde que te casaste con ella hace un montón de años.

—¿Y bueno?

—Que no, hombre, que no. Que lo esencial es probar y cerciorarte de que tu mujer es lo primero, aunque de vez en cuando eches una canita al aire. ¿Cómo vas a saber tú cuánto amas a Bella si jamás has ido con otra? En la diferencia está el gusto ¿no? Yo, el día que engaño a Betty, me paso un mes adorándola. Y llego a la conclusión de que el sutil engaño fortaleció mis relaciones con mi esposa. Mira —añadió sin transición—; ése es el salón de «madame», una francesa que se las sabe todas. Un salón de fiestas muy bien decorado y una trastienda de erotismo oculto. Nadie se entera, sólo los clientes especiales… Y no me digas que no está llenito. Mira, mira la hilera de coches. No pienses que todos van a beber y a bailar. Los hay tras esas ventanitas que se lo pasan estupendamente con las chicas de «madame».

—¿Y qué tipo de broma le quieres gastar a Brian?

—Ya te lo diré cuando lo haya perfilado. Pero antes he de saber si Brian está en abstinencia desde que le dejó Sonia.

Y como el vehículo llegaba a la altura del restaurante, unos metros más allá de la sala de fiestas, Rob paró el coche, a la par que el de Brian. Los dos amigos descendieron.

La avenida era larga. Por ella se llegaba al centro de Baltimore, pero cuando los cuatro compañeros decidían comer en la noche, siempre elegían aquel lugar, bastante apartado del centro, pero muy conocido, por sus puntos de diversión nocturna en todo el Estado de Maryland.

Brian y Pierre ya se hallaban acomodados en torno a una mesa en el mismo comedor. Rob y Frank se acercaron y se sentaron a su vez, comentando el primero:

—Algún día tendremos que terminar la noche en la sala de «madame».

Brian ni se enteró, porque se entretenía leyendo la carta, pero Pierre sonrió malicioso y asintió con la mirada, como diciendo: «¿Y por qué no esta noche, después de tragarnos la suculenta cena que vamos a pedir?».

2

Frank y Pierre eran dos políticos frustrados. Estaban discutiendo entre sí de tales asuntos mientras fumaban un puro habano y tomaban la copa de coñac.

En cambio, Rob estaba intentando manipular el cerebro de su superior.

—Oye, Brian, ¿qué te parece tomarnos la última copa en el salón de «madame»?

—Es un burdel encubierto —refutó Brian, haciendo una mueca—. No me gustan esos lugares.

—Será que tienes una pareja definida y bien adiestrada.

Brian abrió mucho sus negros ojos de hombre maduro y de vuelta de todo.

—¿Pareja? ¿Me estás hablando de asuntos sexuales? ¿De amores, de mujeres?

—¿Y de qué otra cosa te puedo hablar al mencionar pareja? Yo estoy casado. Soy feliz con Betty y mis chicos, pero alguna vez… Bueno, ya me entiendes. Y si te digo la verdad, después que la engaño suelo vivir felicísimo durante un mes junto a mi esposa. Hay que variar alguna vez. Ella no se entera, y yo me desahogo, me harto y termino en sus brazos más sincero que nunca.

Brian sonrió con una mueca indefinible.

—Cada cual mide la felicidad como le conviene, Rob. Yo nunca la he medido así. Tampoco soy un portento de sexualidad. Me gusta compaginar el amor y el deseo. Pero ambas cosas unidas son difíciles de encontrar.

—O yo me equivoco o me estás diciendo que desde hace dos años, nada de nada.

Brian se puso muy serio.

—Nada. Quedé hasta la coronilla. Y si te digo la verdad, ya me había habituado a los altibajos de mi mujer. Sonia era muy irascible, pero solía ser estupenda cuando le daba la gana. No hay peor cosa que casarse por la fuerza. Y eso ocurre en muchas parejas y muy a menudo. Si esa misma pareja se encontrara en distintas circunstancias, seguro que serían plenamente felices.

—Es decir, que tú algo enamorado de tu mujer estabas.

—Me había acostumbrado a sus gritos, a sus desplantes, a sus momentos buenos, y si no hubiese cometido la tontería de irse con otro, yo me hubiera aguantado, tenso, el resto de mi vida. Quiero decir que el hábito ya estaba adquirido. Y si bien no era dichoso, por lo menos tenía en casa algo que me entretuviera. Quedé harto de mujeres. Sí, en dos años que llevo solo no he vuelto a mirar a una.

—¿Y cómo te las arreglas?

—El cansancio de haber vivido contra mi gusto me dejó muy pleno en la soledad. Ya te digo que todo es muy contradictorio. Muy complejo. Si Sonia no se hubiese ido, la hubiese aguantado toda la vida. No soy hombre de grandes pasiones; o será que ya estoy en la decadencia.

—A mí me apetece tomar una copa en la sala de «madame» —miró a los otros, que continuaban discutiendo de política—. ¿Qué? ¿Estáis oyendo? Nos vamos a tomar la última copa a la sala de «madame». ¿Estáis de acuerdo?

—Pero una sola, ¿eh, Rob? —dijo Pierre, molesto—. Yo quedé en estar en casa a las doce. Ya le advertí a Molly que tardaría, pero no pienso llegar más tarde.

Pagaron, y salieron en dirección a la sala de fiestas.

Estaba atestada. La música tocaba sin cesar. Hombres y mujeres por todas partes, y una pista de baile donde se bailaba al son de una música dulzona. Humo y olor a todo tipo de perfumes, tabaco, licores…

—Un segundo —dijo Rob—. Vuelvo en seguida.

Los otros tres se quedaron de pie, mirando. Un camarero les ofreció una mesa. Se sentaron ante ella y pidieron cuatro copas de brandy.

—¿Dónde habría ido Rob?

—Este lugar le es familiar —rió Frank—. Irá a saludar a «madame» —y, algo malicioso, añadió—. ¿Qué os parece si le pedimos un reservado y compañía?

Brian encendió un cigarrillo y le miró por encima del fósforo.

—Eso es problema tuyo. Yo no, por supuesto.

Rob regresaba restregándose las manos.

—Oye, Brian, a ti te gusta mucho la pintura, ¿no es cierto?

—Según qué pintura sea.

—Pero, eres experto.

—No mucho. Pero algo entiendo.

—Pues ven. He visto un cuadro de un aficionado comprado por «madame». Ella me pide que le dé un parecer. Como yo no entiendo nada —por encima de la cabeza de Brian guiñó un ojo a los otros dos—. ¿Puedes venir un segundo?

Brian se levantó, llevando la pelliza bajo el brazo. Pensaba que sus compañeros se podían quedar, si les apetecía, pero él estaba cansado.

Regresaría solo, si los demás se negaban a regresar al centro de la ciudad.

Pero, aun así, siguió flemático a Rob, pues no le agradaba ser descortés.

Rob lo asió por el brazo y lo condujo a través de pasillos y salas. Subieron unas escaleras y se detuvieron ante una puerta, al fondo de un largo pasillo.

—Verás, es que «madame» tiene el cuadro en un lugar privado. Quiero decir que en esta segunda planta, al fondo, tiene su reducto, que nada tiene que ver con todo lo demás. Pasa.

Brian pasó, confiado; Rob no. Este se apresuró a cerrar la puerta y dar vuelta a la llave. Después, riendo y jugando con ella, se dirigió al salón, donde sus amigos le esperaban.

—¿Y Brian?

—Lo dejé bien acompañado. Cuando encienda la luz y vea lo que le he preparado, me dará las gracias y me quedará eternamente agradecido. Una perla. Nuevecita del todo. Se la pedí a «madame» de lo mejor, y ella me dijo: «No temas, Rob. Tengo algo que le gustará a tu amigo». Y me dio la llave.

—Y tú —se espantó Pierre— cerraste allí a Brian.

—Ni más ni menos. De ésta se anima. Dos años sin mujeres es demasiado. ¿Nos vamos? No quiero estar aquí cuando salga.

—Pero no te librarás de que mañana te rompa la crisma.

—Por supuesto que no lo hará. Todo lo contrario; me estará agradecido. ¿Nos vamos? Os llevo en mi coche hasta el centro, y cada cual a su casa. A fin de cuentas, estamos casados, y bien casados. Y Brian es libre. Por tanto, después de dos años de abstinencia es hora de que eche una canita al aire, si es que no está oxidado. ¡Dos años sin mujer! —rezongó—. Ni que fuera un... Bueno, ya sabemos cómo funciona Brian. Y yo digo que no se puede ir por la vida como un caballero. La mayoría de las veces uno necesita ser de hombre a secas. Un segundo —añadió sin transición—. Iré a llevarle la llave a «madame».

—Pero, ¿es que le has cerrado del todo? —se asombró Pierre.

—Si no lo cierro se va, me planta el plan y deja a la pareja allí solita. ¿Venís conmigo a llevar la llave a «madame»?

Los otros dos, muy sorprendidos, le siguieron. Entraron en una especie de salita-despacho, donde «madame» conversaba con un camarero. Al ver a Rob despidió al camarero y se acercó a los tres hombres muy aprisa y con una sonrisa de complicidad que le llegaba de lado a lado.

—¿Todo dispuesto, Rob?

—Todo. Es que nuestro amigo es muy tímido y…

—No os preocupéis —recogió la llave de manos de Rob. Pierre y Frank estaban totalmente en desacuerdo, pero sin poderlo manifestar, tal era su asombro y paralización—. Tiene a su lado una chica joven y nueva. Llegó por aquí anoche. Y se ha ofrecido. Muy bonita. Seguro que se le va la timidez a vuestro amigo. ¿Cuándo le abro?

—¿Es que no puede salir si usted no le abre? —preguntó Frank, espantado.

—Sí, pero no le será muy fácil, ya que la chica es nueva. Y a él no le he visto nunca por aquí. La puerta tiene un botón, y se abre si se sabe dónde está. De todos modos, dentro de dos horas abro. ¿Os parece bien?

Frank y Pierre se fueron a toda prisa. Rob dijo, alejándose a su vez:

—Sí, dos horas es suficiente —y alcanzando a sus amigos refunfuñó—. Igual mañana me corta el cuello. Pero no; me lo agradecerá. Ya habéis oído a «madame». Es una chica nueva, joven y muy bonita.

Frank subió al vehículo gruñendo:

—Estás loco. Completamente loco. Brian no te lo perdonará en todo el resto de tu vida. Y si yo fuera él, haría lo posible y lo imposible porque te despidieran de la fábrica.

Rob se sentó ante el volante meneando la cabeza.

—¡Pardiez! —exclamó—. Tampoco es para tanto. Una broma entre amigos… ¿Qué pasa?

Pierre se acomodó a su lado, lamentando:

—Es que Brian no es nuestro amigo. Es nuestro compañero, con muchos escalones profesionales por encima de nosotros. Y nadie es quién para organizar su vida sexual, si él no lo pide.

—¡Ya, ya! Somos hombres, ¿no? Ni que fuéramos niñatos…

* * *

Brian, a oscuras, se dio cuenta rápidamente de la jugada de Rob. Primero lanzó un sordo improperio; después golpeó la puerta, y al final decidió buscar la luz.

Él no era bromista. Sin embargo, podía tolerar las bromas ajenas con cierta flema. Pero ésta era exagerada. Se las vería con Rob al día siguiente. La ira le corroía mientras palpaba las paredes buscando el botón de la luz. Golpeó la puerta furioso y lanzó unos cuantos improperios, pero después decidió calmarse. De nada servía golpear una puerta cerrada, y menos si se la habían cerrado con llave. Rob estaría en el salón celebrando su jugarreta y contándosela a sus amigos.

Al fin encontró un botón, y lo oprimió. Una tenue luz rojiza envolvió el cuarto. Brian, aún con la pelliza bajo el brazo, miró a uno y otro lado. La luz era muy débil. Sólo acertó a vislumbrar un ancho lecho y un bulto en él, paredes que parecían tapizadas de tela roja, sofás y sillones, una cómoda y dos mesitas de noche. El suelo era de un tono entre negro o marrón, porque por la escasa luz rojiza no distinguía bien.

No obstante y sin moverse aún, oyó algo parecido a un gemido.

—¡Eh! ¿Quién está ahí?

Silencio.

—¡Habrase visto imbécil...! —y se acercó al lecho.

El bulto seguía allí, y de allí, precisamente, procedían unos gemidos raros.

Brian sacudió a la mujer, porque, supuso que lo era, y la destapó.

Y entonces ocurrió algo raro para Brian, algo insólito. La chica, pues chica era, aunque aún no sabía si joven o mayor, fea o bonita, rompió a llorar.

—¡Caramba! —exclamó, flemático y recobrando poco a poco la serenidad—. Encima lloras... ¿No hay más luz por aquí? Esto es una porquería. No veo nada.

La chica seguía llorando. Brian, impaciente, soltó la pelliza y se sentó al borde del lecho.

—Bueno, ¿a qué viene ese llanto? Deja de hacer comedia. Cuando uno entra en estos sitios sabe muy bien a qué viene, ¿o no? No me digas que te han raptado y dispuesto para mí.

Nada. La chica seguía llorando. Brian entendía que lo que tomó a broma se estaba convirtiendo en algo muy serio. El llanto de la mujer no era fingido, eso resultaba obvio. Además, tal se diría que era llanto de niña.

—Cállate —dijo, enfadado—, y no temas. No soy de los que aprecian estas situaciones. Te pago y me largo.

Más llanto.

Entonces Brian decidió encender un fósforo y acercarlo a la mujer.

Se quedó paralizado.

—¡Pero si eres una niña! —farfulló.

Y con la llama del fósforo vio una lámpara sobre la mesita de noche y rápidamente la encendió.

Quedó desconcertado. Se fue levantando poco a poco.

La chica tenía la cara alzada, los ojos húmedos. De ellos manaban lágrimas.

—Oye —Brian frunció más el ceño—, ¿qué haces tu aquí?

—Le esperaba a usted.

—A mí… ¿A mí?

—Al que llegara… y llegó usted.

—Pues deja de llorar. No pienso tocarte. No es mi estilo. Levántate, sécate la cara y dime dónde hay algo que abra esta puerta.

—Es que yo no lo sé.

—¿Qué… qué? Si estás aquí será que… sabes muy bien el camino.

—No —meneó la cabeza con fiereza y desaliento—. No lo sé. Es la primera vez…

—¿La qué?

—La primera vez que vengo.

—A esta casa. Pero estarás harta de ir a otra, o de hacer la carrera por las calles de Baltimore. En esta calle de las afueras, precisamente, ya sabemos lo que se puede encontrar. Sal de ahí y dime tu edad.

—Diecisiete años —dijo ella recuperándose.

—Ni loco te creo eso. Me pregunto qué ocurriría si, en vez de ser yo, fuera otro. Vamos, ponte en pie y sal de ahí. Buscaremos la forma de abrir esta puerta… —y se acercó a ésta palpándola por entero con sus dos manos—. No veo nada que pueda abrir. Pero la romperé —giró la cabeza y se quedó desconcertado.

La chica se hallaba de pie. Era delgada, rubita, de negros ojos… Muy linda. Pero si tenía diecisiete años sería todo lo del mundo. Brian frunció el ceño. No se imaginaba al bromista de Rob uniéndolo a una menor. Sin duda, el primer engañado había sido el mismo Rob. Una cosa era una mujer, y otra, muy diferente, aquello.

—Veamos… —dijo Brian armándose de paciencia—. ¿Quién te ha traído aquí?

—Yo… Lo he decidido.

—¿Prostituirte?

—¿Y qué? Soy dueña de mis actos —las lágrimas las cambió por un gesto arrogante de desafío—. Usted haga lo que tiene que hacer.

—Yo no hago nada, chiquilla —refunfuñó Brian—. No soy corruptor de menores. Eso por un lado. Por otro… Bueno, para qué vamos a meternos en detalles. ¿Desde cuándo andas en esta vida? Porque es una vida perra. ¿Lo sabías?

—Desde hoy.

—¿Qué?

—Esta noche es la primera vez.

Brian se llevó las manos a la cabeza.

—Y pretendes que yo sea el pagano. No, hijita, no. Salgamos… O derribo la puerta o salto por la ventana. Y tú me vas a seguir.

—Si paga, sí.

—¿Sabes lo que haría si me diera gusto? Te rompería esa cara de cínica que tienes… Porque será la primera vez, pero tienes un cinismo que me da grima —se acercó de nuevo a la puerta y empezó a palparla. De repente ésta cedió—. ¡Oh, esto ya está! Venga… —y como ella no se movía, Brian la asió por un brazo con fiereza, alcanzó la pelliza y tiró de la chica—. Larguémonos de aquí. Y dime dónde vives, porque te llevo a tu casa.

—Le digo que yo he venido a ganar dinero.

—Pues ya te lo pagaré, pero en otro sitio. Detesto estos lugares. No los soporto.

Y mientras hablaba entre dientes, tiró de ella, y llegaron al medio del pasillo.

—Mira —dijo de súbito—; ésta es la puerta que da al exterior. Salgamos… Ya hablaremos. De momento, tú sales conmigo.

Y de dos saltos bajó las escaleras de la parte de atrás, precisamente enfrente del garaje.

Sin soltar la mano de la chica iba diciendo, sin dejar por eso de caminar hacia el restaurante, donde suponía que sus bromistas amigos, al menos le dejarían el coche.

—Si te estrenabas hoy en este puerco oficio, ya me contarás por qué.

Llegó al coche, jadeante, y de un empellón la metió dentro, dio la vuelta al vehículo y se sentó ante el volante.

3

Ya sereno y conduciendo, saliendo de aquellas calles, donde proliferaban todo tipo de vicios, además de buenos manjares para comer y degustar, sin mirarla, preguntó:

—¿Por qué?

—No tengo razón alguna para responderle.

—Pues yo sí la tengo para preguntarte. Dices que es la primera vez. ¿Y por qué has elegido este oficio?

—Pues…

—Dilo, mujer. No te atosigues.

—Detenga el coche y déjeme aquí. No estoy obligada a responderle.

—Y, sin embargo —replicó Brian, flemático—, estás llorando.

—No lloro.

—¿Y qué cosa, entonces, te pasa en la voz? Si te apetece, me lo cuentas, y, si no, dime dónde está tu casa. Te llevo a ella. Y mañana o pasado sales de nuevo a ganarte la vida en el oficio más viejo del mundo, pero también el más fácil.

—¿Y si no soy capaz de hallar otro?

—Estudia. Se me antoja que tienes edad para eso, y no para lo otro.

—Tengo diecisiete años, responsabilidad y necesidad de ganar dinero.

—¿Es que te drogas, y para eso necesitas el dinero?

—No me drogo.

—Pues ya me explicarás…

—¿Y a usted qué le importa? Si no fue hoy, será cualquier otro día. Lo tengo decidido. Y usted no es nadie para meterse en mis cosas —parecía enfadada y angustiada a la vez, y Brian, de haber tenido menos mundo y más deseos de pasarlo bien, hubiera mandado los escrúpulos al diablo. Pero él los tenía. Además, no perdía la cabeza por una menor, porque, precisamente, no le gustaban en absoluto las chicas jóvenes. La muchacha, ajena a lo que pensaba y sentía Brian, añadió con voz sibilante—. Yo puedo hacer de mi vida lo que me dé la gana, y no creo en sus escrúpulos. Lo que le sucede a usted es que no le agradan esos sitios. Pues busque otro, o lléveme a su casa, si gusta.

—Déjate de decir estupideces y dime dónde vives, porque lo único que me interesa en este instante es dejarte a buen recaudo y largarme yo tranquilo. Pero, si gustas de desahogar la pena que noto en tu voz, cuéntame las razones por las cuales estás aquí y estabas en ese lugar, que es bastante peor.

La joven no respondió en seguida.

Por ello, Brian, sin dejar de conducir y ya en el centro de la ciudad, volvió un poco el rostro.

—¿Cómo te llamas?

—Andrea…

—¿Y qué más? Porque supongo que tendrás un apellido, un hogar y familia, que seguramente te estará buscando. A estas horas… —estiró el brazo y lanzó una mirada al reloj—. Son las doce de la noche. A esta hora, una joven decente no está fuera de casa.

—Yo no me hallaba en lugar decente.

—Dejémonos de acertijos, Andrea, y vayamos al grano. No pienso dejarte en plena calle. Dime dónde vives y te acompañaré.

—Y dirá en mi casa dónde me ha encontrado.

—Te doy mi palabra de que no, pero con la condición de que no vuelvas a salir, y menos en la dirección que tomaste hoy. ¿Quién te llevó? Porque, caminando, queda lejos del centro, y en taxi te costaría un montón. ¿En bus?

—He ido en bus, he buscado un lugar de esos y entré… La señora me dijo que, si deseaba ganarme la vida que, subiera a la habitación donde usted me vio. Y allí me quedé.

Brian cada vez entendía menos, pero notaba que la chica iba descubriendo su verdad. Le costaba, pero al fin lo iba diciendo.

—Y aseguras que es la primera vez.

—Sí, señor.

—¿Y por qué?

—Es largo de contar. Pero lo más importante —titubeaba— es que no tenemos dinero. ¡Nada! Mi padre falleció hace dos años. Nos dejó sin un dólar. Mamá trabajaba en una oficina, pero enfermó. Y… yo no puedo ayudarle, porque no encuentro empleo… Pensaba ingresar en la universidad, pero no es posible. Mamá quedó de baja por larga enfermedad. Le salen en las manos unas alergias que les costó mucho a los médicos saber de qué procedían, y como su oficio era escribir a máquina… Ahora está mejor, pero debido al tiempo que lleva enferma, ha perdido el sueldo y el empleo.

—¿Y sabe tu madre que pensabas ganarte un dinero de… esa manera?

Notó que la joven, que iba a su lado, se estremecía.

—No —gimió—. Claro que no. Mamá nunca me lo perdonaría… Usted no puede decirle nada. ¿Verdad que me dejará aquí mismo? Ya puedo ir sola a casa.

Brian no era hombre que hiciera las cosas a medias. O las hacía bien o no las hacía. Así que dijo, enérgico:

—Te llevo a tu casa, pero no diré palabra. Diré lo que tú quieras que diga. Pero esta noche, al menos, no te vas a prostituir. Mañana haz lo que gustes, pero lejos de donde yo pueda verte.

—Diga que me estaban molestando unos gamberros…

—De acuerdo. Pero, ¿cómo justificarás tu salida de casa? Porque, según parece, saliste hace ya horas.

—Mamá piensa que tomo clases de francés… No las tomo; las tomaba. Pero como no las puedo pagar, las dejé. No soporto que mamá salga a buscar empleo, un nuevo empleo, y que coja frío y se ponga peor. Ahora está mejor. Hace quince días se personó en la oficina. Entonces se enteró de que había perdido el empleo. Cosas así ocurren, señor… —Brian no dijo su nombre. Ella añadió, tras otro titubeo—. Son injustas, pero… Es que mamá llevaba trabajando allí sólo dos años, pues ocupó el lugar de papá cuando él falleció. Y…

—Sigue, sigue. No pierdo detalle.

—No fue bien acogida la reclamación que hizo mi madre del empleo de papá… Y en la primera oportunidad la pusieron en la calle. Los médicos de la Seguridad Social descubrieron al fin la sustancia que provocaba las alergias. Era no sé qué cosa de la oficina. Un polvo, o algo por el estilo… De todos modos aprovecharon para cesarla. Y ahora que ya está bien no encuentra otro empleo.

—Y tú, generosamente, te prestas a humillarla ganándote la vida de la forma más fácil del mundo.

—No, no. Es que… yo no sabía qué hacer —se entregaba ya a la sinceridad, apretando una mano contra otra y escurriéndolas bajo la barbilla nerviosamente—. Necesitamos dinero. Vivimos muy mal. Papá era oficinista… Nunca se preocupó de medrar. No era ambicioso…

—Si al menos fue bueno…

—Eso sí. Lo peor fue que no le permitía a mamá trabajar fuera de casa. Nos conformábamos con su sueldo y… Pues nunca vivimos bien. Mamá hubiera querido ayudar, pero mi padre era muy celoso. Prefería vivir peor, pero tener a mamá en casa. Esas cosas suceden…

—Dime dónde vives y te acompañaré, pero te dejaré en tu casa, ¿eh? Nada de nuevas salidas. Después de esta noche, haz lo que gustes. Pero esta noche, precisamente, estás como un poco en mi conciencia.

* * *

Brian siguió la dirección que ella le dio. Sabía ya que se trataba de un barrio obrero, no precisamente cómodo ni bien acondicionado. Pensaba un montón de cosas, pero no decía ninguna. Conducía silencioso. En efecto, al cuarto de hora se vio en un barrio humilde, de esos que se forman con casas apiñadas unas sobre otras y se unen en bloques ingentes.

—Es el portal número ciento siete. Por ahí. Tome por ahí. En estos lugares y durante la noche se puede estacionar donde se quiera. También durante el día, porque por aquí no abundan los policías de tráfico. Dice mamá que son pobres vergonzantes y que suelen ser muy pacíficos.

—Te refieres a las gentes que viven en estos bloques.

—Pues sí… Son obreros. La mayoría pertenecen a las fábricas de tejidos Mortall. Ya sabrá a cuáles me refiero. Están ubicadas a dos kilómetros de aquí, y es cómodo para los obreros, ya que salen media docena de autobuses cada mañana, y retornan a la noche.

Brian no dijo palabra, pero sí pensó que precisamente él era un jefe de esas fábricas de tejidos, donde incluso tenía un buen paquete de acciones.

—¿Tu madre fue despedida de ese trabajo? Porque si vivís en los bloques que en su día levantó la fábrica para sus obreros…

—No, no. Era mi abuelo. Al fallecer, nos dejaron la casa, pero un día cualquiera nos la quitarán, digo yo. Ya nos advirtieron. Papá tampoco trabajaba en esas fábricas, sino en una de cervezas.

—Ya —paró el vehículo y saltó al suelo, al tiempo que la joven lo hacía por la otra portezuela. Brian ni siquiera se puso la pelliza, pero tenía firmemente decidido que no dejaría a la joven sino en su casa y ante la madre—. Vamos.

—Señor… no sé ni cómo se llama.

—Es que no merece la pena. Esta noche te libré de una buena caída. ¿Y sabes, Andrea? Ese tipo de caídas no tienen remedio. Cuando se resbala una vez, se sigue resbalando un día tras otro. No se le toma gusto, pero sí hábito. Yo, en tu lugar, seguiría luchando, pero jamás intentaría nada parecido.

—Usted detesta esos lugares, ¿verdad?

—No me agradan. Vamos, dime qué portal es y qué ascensor debemos tomar, porque aquí no veo más que puertas y ascensores.

—Señor, puede dejarme aquí. Le doy mi palabra…

—No sirve de nada tu palabra. Yo, cuando hago una cosa, la hago al completo o no la inicio siquiera. Entremos en el ascensor. No me fío de tu palabra para nada.

—Pero no le dirá a mi madre... Mire usted, es que mamá es... diferente. No soportaría saber lo que pensaba hacer. Es algo... que jamás me perdonaría. Somos pobres, pero...

—Me lo imagino. ¿No has dicho que todos los que habitan en esos bloques son pobres vergonzantes? Eso quiere indicar que son pobres dignos, que tienen a menos pedir. Pero yo te aseguro que es más digno pedir que hacer lo que tú tienes en mente, y me temo que no desistas. Claro que yo para entonces estaré lejos, y tú harás lo que te acomode.

—Es este ascensor. Vivimos en el quinto —dijo ella, enfadada y levantando la barbilla con arrogancia—. Si le dice a mi madre dónde me encontró, sepa que volveré mañana mismo.

—A mí no me costará una palabra. Ni lo de hoy ni lo que hagas mañana. Me limito a darte un consejo: tú sabrás si merece la pena seguirlo u olvidarlo. Eso ya es cosa tuya. Pero ten por seguro —el ascensor ya ascendía y veía a la monería de chica pegada a la mampara con gesto duro— que te pesará. Y te pesará tanto que no tardarás en acordarte alguna vez de mí; demasiado pronto quizá.

—¿Y qué le importa a usted lo que yo haga?

—Nada. Pero sí me importa pensar que lo de esta noche estuvo en mis manos, y eso me molesta. Me pregunto qué hubiese ocurrido de haber caído en poder de otro. Te aseguro que la mayoría de los que frecuentan esos lugares carecen de conciencia y de escrúpulos. Yo aún los tengo.

El ascensor se detuvo. La joven, saliendo, aún siseó:

—Ya estoy ante la puerta del piso. Por favor, vuélvase. Le prometo que entraré en casa.

Brian hizo un gesto vago.

—Abre, o llama —ordenó, sin alzar la voz, pero sí enérgicamente—. No pienso dejarte aquí. Y si tu madre está acostada, que lo dudo si te aprecia algo, que se levante.

—Señor…

—Andrea, o abres o llamo yo.

—Tengo llave —dijo ella, rabiosa. Y la metió en la cerradura.

Se oyó una voz delicada procedente del interior.

—¿Eres tú, Andrea?

—Sí, mamá.

Brian, allí erguido, miraba, abstraído, a un lado y otro. Oyó pasos. Se imaginó que vería a una señora mayor, algo derrengada y cubierta con una toquilla de colores, y calzando zapatillas.

La casa, desde luego, era humildísima. De esas casas hechas en serie que al menor suspiro se desconchan. Las conocía. No aquéllas, pero sí otras, porque, como jefe de una empresa, había visitado en ocasiones bloques parecidos.

Vio un vestíbulo pequeño. Después le seguía algo que podía ser un salón, con muebles de madera vulgar, aunque con cierto gusto, pese a su humildad.

—Andrea…. —dijo una voz.

Brian no dio un salto, porque era un tipo flemático y muy dueño de sí. La madre de Andrea, y suponía que lo era, le desconcertó de tal modo que a punto estuvo de apoyarse en la pared. Delgada, alta, esbelta. Bien vestida. Pálida, y de ojos grandes, con una melena negra, cortada algo desigual, lo que le hacía un peinado muy moderno. Pero lo que más llamó la atención de Brian fueron los ojos, de un verde grisáceo, enormes…

—Perdón —y miró a su hija—. ¿Y… este señor?

—Es que unos gamberros me cerraban el paso cuando salía de la academia… y…

La mujer alzó su viva mirada hacia el forastero.

Brian se encontró diciendo, algo cortado:

—Perdone, pero… me he tomado la libertad de traerla a casa. Me llamo Brian Jones, señora…

—Leila Remick… —y extendió la mano.

Brian se la apretó con fuerza.

—Perdone, le repito, pero me encontré a la chica liada, y separé a los gamberros...

—Es que no entiendo por qué se va a clase tan tarde —miraba a Andrea—. Pediré a la academia que te cambien la hora.

—Lo haré yo, mamá —y mirando a Brian—. Gracias por haberme traído, señor Jones.

—De nada. Buenas noches, señora...

—Gracias, mil gracias.

Ella misma lo acompañó al rellano.

—No permita que Andrea vaya a clase de francés tan tarde.

—Es la primera vez que acude a esta hora. Había salido hacía mucho, pero parece ser que le han cambiado el horario. Mañana mismo llamaré a la academia. Buenas noches. Y gracias, señor...

Brian salió de allí encogido, impresionado y molesto...

4

Con Rob ni siquiera lo discutió. ¿Para qué? Estaba seguro de que Rob y los otros dos esperaban de él un estallido. Precisamente por eso, guardó silencio. Y cuando Rob, a la tarde siguiente, le dijo que había sido una broma pesada y se disculpaba, Brian replicó:

—Una broma en cierto modo agradable, Rob. No te preocupes.

—¿Era… bonita?

—¡Ah! Pero… ¿No la conociste siquiera? —y miró a cada uno con expresión apacible. Expresión tras la cual ninguno de los tres acertó jamás a saber qué pensamientos ocultaba Brian en realidad—. Pensé que algún día… la habías utilizado tú.

—Pues no —se desconcertaba Rob ante la pasividad de Brian—. «Madame» me dio la llave y me dijo que era nueva. Yo te pregunto, ¿joven?

—Bueno, supongo. La verdad es que apenas la vi. Hice lo que tenía que hacer, pagué y me largué por la parte trasera —y sin transición, sin perder su sangre fría—. ¿Jugamos?

—Claro que sí —aceptó Rob, respirando fuerte, pues temía que la ira de Brian le jugara una mala pasada. Pero, por lo visto, el asunto le había agradado, aunque con Brian jamás se sabía qué cosa le parecía bien o qué cosa le parecía mal—. Me alegro de que hayas disfrutado, Brian.

El aludido empezó a dar cartas. Perdió la partida. Se fue solo a su casa sin hacer comentarios referentes a la noche anterior. Podía romperle la cara a Rob y, aún peor, conseguir que perdiera el empleo, pero ninguna de ambas cosas merecía la pena. Y decidió irse a casa, conversar algo con Burt, si es que había regresado, y pedirle a Lucía, la mujer del servicio, que le preparara algo frugal para comer.

Burt no había regresado. Tenía las clases por la tarde. Después solía ir con los amigos a un pub o una discoteca. Era un joven que iba a cumplir veinte años; por ello podía hacer lo que le acomodara. Estudiaba economía. Y una vez terminase la carrera pensaba emplearlo en las oficinas de la fábrica. Burt era una buen chico, aunque, educado en libertad, la vivía como tal, pero sin pasarse jamás. Buenas costumbres. Mujeres, que era lo lógico a su edad, estudios, que llevaba muy bien, y excursiones en vacaciones. Un día se casaría, pensaba cuando llegó a su hogar y se acomodó en el salón ante el televisor, después de preguntar por su hijo y pedirle a Lucía que le hiciera una cena ligera. El día que eso ocurriera prefería que Burt constituyera su hogar, pero no en aquél, en el cual él no deseaba mujeres, por muy nueras que fueran. Él no pensaba volverse a casar. Prefería vivir con Lucía, que, además de buena cocinera, era discreta y de una edad muy superior a la suya, pero fiel, trabajadora. Llevaba su casa desde que Burt contaba cinco años. Por ello, era estúpido fingir ante Lucía, ya que sabía bien qué mujer era su antigua ama y las razones por las cuales el hogar se convertía, un día sí y otro también, en una batalla campal, de la cual él siempre llevaba las de perder, pues prefería callarse ante los gritos de su ex-mujer.

En todo eso, y en más, pensaba Brian esperando que Lucía le sirviese la comida. Había pedido un consomé, una carne a la plancha y fruta de postre. Para beber, agua. No era abstemio, pero prefería beber poco. Más bien un whisky, después de comer, y mientras se fumaba una pipa, un habano o, simplemente, un cigarrillo.

Pensó en Andrea, y se alzó de hombros. Sería inútil intervenir. Andrea tenía la idea de prostituirse: lo haría un día u otro. Pero allá ella. Él no era un samaritano. De todos modos pensó también en Leila, la madre. Una mujer… muy hermosa. Muy atractiva. Muy… femenina, y necesitaba de todo para vivir.

«Bueno —farfulló—, ¿y qué? ¿Qué culpa tengo yo de que sucedan cosas así? Si fuera a conmoverme por todo lo que se sufre en el mundo o simplemente en Baltimore, estaría o tendría que estar pendiente de medio Estado.»

Tres días después seguía pensando de vez en cuando en aquella situación. Es decir, en aquellas dos mujeres. También había sido cómodo por su parte dejarlas solas y sin un dólar. Pero, si les daba algo… ¿no se ofendería la madre? La hija ya se sabía que no, pero la madre… que ignoraba lo que hacía o pensaba su hija… quizá se sintiera humillada.

Pero, aun así, la idea de consolar en parte aquella caótica situación le roía el cerebro. Al cuarto día decidió visitarlas. Antes compró en un supermercado un montón de cosas. Carne, pescados secos, frutas, una botella de leche, conservas enlatadas, entremeses variados, pan y alguna chuchería más. Con dos abultados paquetes se perdió en el ascensor después de pasarse buscándolo más de media hora. Y cuando se topó con el angosto portal ciento siete, allá se fue.

Justamente, cuando salía al rellano se topó con Andrea. Era tarde. Más de las ocho y ya noche cerrada, por ser invierno. Andrea, al verlo, frunció el ceño y lo miró rencorosa. Sin duda, pensó Brian, cree que vengo a comprarla, a conquistarla, a…

—¿Adónde va? —preguntó la chica.

Brian no se desconcertó. Era discreto, pero nada tímido. La conciencia le llevaba indicando que dejó aquella casa demasiado tranquilamente. Que, si conocía el problema, debía ayudar a solventarlo.

Por lo menos él esa razón se daba, aunque, para ser sincero, no había podido olvidar los grandes ojos verdes de la madre. Por lo tanto, si la renacuaja pensaba que iba a por ella, se equivocaba una vez más.

—¿Y adónde vas tú? —preguntó Brian, a su vez—. Porque no es una hora apropiada para que una joven de tu edad salga… Y si tienes en mente hacer lo del otro día… se me antoja que se lo pienso contar a tu madre.

—¿Qué?

—Pues entra de nuevo, y olvídate de ganarte la vida de esa manera. Abre, te digo —le ordenó.

Andrea no le hizo caso aún, pero le miraba desconfiada.

—Es decir, que aquel sitio no le gusta, pero otro cualquiera quizá…

—Entra. Eres una cínica y una descarada. Vengo con buenas intenciones a remediar vuestras necesidades y me sales con tus cinismos.

Andrea parecía desconcertada, pero, aun así, abrió.

* * *

—Supongo —le dijo Brian, algo cortado y sin soltar los dos enormes paquetes que sostenía en los brazos y sujetaba con la barbilla— que tu madre tomará a mal que os eche una mano.

—Ya se verá —y entró gritando—. Mamá, mamá, está aquí el señor del otro día. El que me trajo cuando los gamberros me atacaban.

Leila apareció rápidamente. Se quedó mirando desconcertada al hombre que portaba dos enormes paquetes y la miraba como disculpándose.

—Pase, pase, señor Jones. ¿Qué le trae por aquí?

—¿Dónde pongo… esto? Es para… ustedes. Bueno, yo… he pensado… Andrea me contó el otro día su situación y yo me pasé cuatro días pensando que las había dejado en una situación crítica. Discúlpeme, pero…

—Pase, pase —ofreció ella con una sonrisa pálida—. Pase, y no se sienta incómodo. Andrea no le contó nada raro. Es la pura verdad…

—Yo, quizá…, le parezca entrometido.

—Me parece usted una buena persona, mister Jones. Pase, y no titubee. Permítame que le ayude a deshacerse de todo eso. Eso es —le ayudó. Brian quedó con los brazos vacíos. Entretanto Leila y Andrea lo dejaban todo sobre la mesa—. No voy a ocultarle la verdad —añadió ella mirándole agradecida, con unos ojos que a Brian le parecían los más hermosos que había visto en su vida—. Andrea no exageró… Y fue sincera, quizá porque usted la salvó de la gamberrada de unos chicos callejeros.

Y como Brian seguía de pie, coloreadas sus morenas mejillas, ella, con una suave sonrisa, añadió:

—Siéntese, señor Jones. Eso es… No tengo nada para ofrecerle, pero quizá… en esos paquetes… traiga usted algo.

Brian seguía de pie, preguntándose quién le mandaba a él meterse en semejante lío. Pero el caso es que estaba allí, aunque no le pesaba haber ido. Además, le agradecía a la dama joven su naturalidad para agradecerle su ayuda.

—Andrea —dijo Leila—, saca todo lo que ha traído mister Jones —y sin mirar a su hija que ya lo estaba haciendo—. Siéntese, mister Jones.

Y se sentó ella primero.

Brian lo hizo a su vez, y extrajo del bolsillo de su americana a cuadros cajetilla y fósforos.

—¿Fuma?

—Pues no —dijo Leila—. No he fumado nunca.

—Mejor para usted. Yo soy un gran fumador... Quisiera no fumar, pero tengo el vicio del tabaco muy arraigado...

—No me molesta que fume. Don lo hacía sin cesar. Brian supuso que Don habría sido el marido muerto. Lo que, en efecto, Leila aclaró con una sutil sonrisa.

—Me refiero a mi marido. Falleció hace dos años escasos. ¿Es usted casado?

—Divorciado...

—¡Oh...! —y tras un titubeo— ¿Hijos?

—Uno, pero ya es un hombre.

Andrea daba gritos de contento descubriendo todo cuanto había llevado el señor Jones y lo iba colocando en una especie de alacena.

—Tiene cerca de veinte años. Espero que el próximo año termine empresariales. Será un buen economista. Pienso colocarlo conmigo... —hablaba algo atropelladamente porque se sentía incómodo por hacer de samaritano cuando nadie se lo había pedido—. Me casé siendo casi un niño... Cosas que suceden. Ya se puede suponer. Esos matrimonios forzados nunca salen bien...

—Si se refiere a que su esposa esperaba un bebé... yo también me casé así. Claro que suceden cosas parecidas. Han sucedido y seguirán sucediendo. Pero hoy la gente ya no se casa por eso.

O se aborta o se tiene el hijo. Y no por eso se obliga una a casarse cuando apenas ha vivido.

—Ya veo que tenemos una cierta afinidad…

—Mamá —preguntaba Andrea— ¿dispongo una cena fría? Mister Jones ha traído de todo.

Leila volvió la cara y asintió.

—Mister Jones, si desea cenar con nosotras…

—Bueno, es que yo… Debí preguntarle si deseaba… Piense que… —se aturdía, pues en modo alguno deseaba que ella creyera que con aquel obsequio tenía intención de comprar nada. Salvo ayudar, y su conciencia le había indicado que lo hiciera así—. Sentiría que pensara…

Leila sonrió dulcemente. Brian jamás había visto una sonrisa así. Diáfana y cálida… Una sonrisa triste de mujer, pero enormemente bonita. ¿Cuántos años tendría? Pocos… Si le apuraban, diría que veintisiete, pero dada la edad de Andrea, había que suponer que tendría más.

Vestía en aquel momento unos pantalones negros de pinzas y bolsillos a los lados, terminando estrechos en el tobillo. Calzaba mocasines planos y una camisa roja tipo camisero y abierta hasta el principio del seno le daba un aire muy juvenil. Muy femenina. Se notaba que Andrea estaba aún sin formar, pero la madre…

Brian sacudió la cabeza. Se estaba poniendo sentimental. Y él no lo era.

—No se preocupe, mister Jones. Cuando una está necesitada y un caballero desea ayudarla, no se piensa nada raro. Por tanto — pareció penetrar en el cerebro masculino—, quédese a comer. Andrea es muy mañosa. Suele hacer cosas curiosas y que agradan al paladar. Ha traído usted de todo, y le digo de verdad que… no teníamos nada. Ella iba ahora a buscar pan y leche.

—Acepto comer algo —decía Brian respirando—. En realidad no debí ser tan atrevido; tardé cuatro días en reaccionar… pero se notaba que lo llevaba en el subconsciente, porque esta tarde me decidí. Andrea me contó sus apuros, y yo… que no los tenía, me marché despreocupado. No debí hacerlo.

—Tampoco estaba obligado a venir hoy. Pero ya que está aquí, no piense más. Póngase cómodo. Andrea ya está manipulando en la cocina.

Ese día cenó con ellas. Dejó la casa hacia las once, algo inquieto y como muy nervioso.

Pero al día siguiente y sin ir a jugar la partida con sus amigos, de los cuales ni se despidió ni disculpó su ausencia, volvió a la casa, ubicada en aquellos bloques ingentes. Ya no necesitaba buscar el portal. Sabía muy bien dónde estaba. También iba cargado y llevaba en mente ayudar a Andrea, y si le era posible a Leila.

5

Le abrió Leila en persona, pues, según dijo nada más verlo, Andrea había salido a su clase de francés. Lo que dejó a Brian algo suspenso, pues sabía perfectamente que la clase de francés no existía, porque tampoco tenían dinero para pagarla.

—Pase, mister Jones —añadió Leila con suavidad, muy propia de ella, pues Brian, tan avezado a conocer gentes, sabía que Leila sin duda tenía un carácter amable, dulce y cálido. No se la imaginaba gritando o coqueteando con los hombres—. No tiene por qué venir cargado cada vez que nos visita —ella se sentó enfrente—. Estaba sola y pensando qué hacer. Me paso el día pensando aunque nunca llego a una conclusión clara.

—Me ha contado Andrea la forma en que la despidieron del trabajo. ¿No ha recurrido usted a un sindicato? Un despido así…

—No he recurrido a nada porque a nada tengo derecho. Reclamé el puesto dejado por mi marido al morir. Y me lo concedieron con carácter eventual. Enfermé de una pesada alergia. Precisamente en las manos, lo que no deja de ser molesto y antiestético —mostró sus manos delgadas y finas sin una muesca de aquella alergia—. Ya las tengo bien, pero cuando volví al trabajo, ya tenía otra persona ocupando mi puesto. Tampoco soy una experta — añadió con pesar—. Mis estudios son comerciales, pero de hace tanto tiempo que, lógicamente, los tengo olvidados —y con cierto pesar y amargura—. Me casé a los dieciséis años, embarazada de Andrea… Imagínese.

—Me hago cargo, porque ya le dije que yo viví algo parecido —encendió un cigarrillo, que fumó con calma, como si se relajara y le agradara conversar, cosa que él no hacía frecuentemente, y menos aún con su mujer—. Cuando los matrimonios se hacen así, forzados por tales circunstancias, no suelen ser positivos. Al menos el mío no lo fue.

—Yo no puedo quejarme. Don era un hombre estupendo. Muy cariñoso, algo especial, pero sin ambiciones… Aunque, para mí y mi hija, encantador. No dio más de sí… No todos los hombres tienen ambiciones… Don, la verdad, no las tenía, y eso le estacionó de auxiliar de oficina. Encima no permitió que yo trabajara, con lo cual vivimos siempre peor, y yo perdí mis conocimientos, pues, al no practicarlos, todo se olvida.

—Me hago cargo. Referente a Andrea ¿qué planes tiene para ella?

—Yo me pasé bastante tiempo enferma, porque la alergia, además de fastidiosa, me producía temperatura. Y Andrea dejó de estudiar. Tiene el equivalente al bachillerato. Pensaba enviarla a la universidad, o bien que trabajase por las mañanas y que estudiase por las tardes, pero trabajos condicionados así, no existen, ya que ni siquiera existen los que se buscan sin condiciones.

—Ya veremos qué puedo hacer yo. Le prometo que lo intentaré.

—¿Y por qué usted? —parecía muy asombrada—. Hace usted suficiente, y me duele tener que aceptar su ayuda, aunque es un dolor apacible, porque sé que usted lo hace desinteresadamente… Se nota en su rostro que es una buena persona.

Brian titubeó. Temía que ella pensara que él iba allí con algún fin. Y él no tenía fin definido. Vivía una vida monótona. El hecho de encontrar algo que le ahuyentara de la vida corriente de cada día era un aliciente. Por otra parte, Leila era una mujer muy atractiva: le encantaba hablar con ella. No tenía propósito alguno. Sin embargo, a cierta hora le encantaba comprar cosas en los supermercados y comer con las dos mujeres.

—Lo hago por mí —se sinceró—. Después de que Sonia me dejó, me sentí desencantado…

—¿Le dejó… su ex-mujer?

—Bueno, sí. Nos pasábamos la vida peleando. No fue una convivencia grata. Tenemos un hijo de veinte años, que ya vive a su modo, aunque conmigo, pero eso es un decir, porque le veo muy poco. Hay días que ni siquiera lo veo. Pero eso es lógico. Una cosa tiene muy positiva. Estudia empresariales. Será un buen economista. Lleva los estudios al día, y con notas excelentes. Por eso le dejo que viva a su manera, ya que cuando se estudia con firmeza, poco o nada se puede hacer fuera del hogar. Quiero decir que se divertirá, como todos los jóvenes de su edad, pero no de modo escandaloso. Le decía que usted está ahora necesitada. Yo puedo ayudarla, y en ello no llevo ni egoísmo ni trastienda. Desearía que lo entendiera así.

—Y lo entiendo, mister Jones. ¿Cómo no voy a entenderlo? Basta mirarle para comprenderlo. Pero no por ello me siento yo cómoda. Entiéndalo.

—¿Prefiere que no vuelva?

—Bueno, preferiría que, si desea ayudarme, me buscara un trabajo, y otro para Andrea. Es muy posible que tengamos que dejar esta casa… Mi marido no trabajaba en la fábrica de tejidos. Fue mi padre el que lo hizo, hasta muy mayor. Falleció. Pedimos permiso para quedarnos, pensando que un día encontraríamos algo más cómodo y no muy caro. Pero mi marido falleció antes de conseguirlo.

—No se preocupe. No la pondrán en la calle.

—Pues ya tenemos dos avisos.

Brian dijo, algo cohibido:

—Yo soy jefe de esa industria del tejido. Ya veré qué pasa con eso.

Andrea entró a toda prisa. Al ver a Brian se quedó cortada.

Jones pensó que la adolescente estaba pensando algo atroz. Por ejemplo, que iba a por ella y que por eso se estaba entreteniendo con su madre. Y eso le molestó.

—Hola, Andrea —saludó—. Le estaba diciendo a tu madre que voy a intentar buscarte un empleo para las mañanas y que puedas ir a la universidad por la tarde.

Andrea le miraba con aquella arrogancia suya desafiante. Brian leyó muy bien su mente. «Está pensando que si bien no la tomé cuando pude hacerlo, ahora intento conquistarla de otra manera y con mentiras.»

Andrea, con su respuesta, el confirmó lo que él pensaba.

—No se preocupe tanto. Ya me las arreglaré.

—Andrea, eres una descortés —adujo la madre.

—Yo sé bien lo que me digo.

Y se fue, enfadada, cerrando la puerta, de lo que parecía un salón, demasiado fuerte.

Brian, nervioso, se prometió a sí mismo que no volvería, aunque pensaba buscarles un empleo a ambas. Y demostrarles así que él era un hombre honrado que no buscaba coyunturas para hacerse con una frivolidad sexual.

Se despidió sin comer con ellas. Leila, acompañándole a la puerta, le decía quedamente, amable y cálida:

—No haga usted caso a Andrea. Es muy temperamental.

—Lo comprendo, lo comprendo.

Y se marchó muy aprisa.

Retornó a su casa pensativo. Y como, por casualidad, Burt estaba en ella, se sintió mejor y menos solo.

—Mañana es sábado —le dijo Burt a los postres—. Me voy de camping. Vamos los amiguetes con unas chicas… Espero pasarlo bien.

—Pues ten cuidado, Burt. Ya sabes el resultado que puede dar una relación íntima.

Burt reía. Era un chico muy parecido a su padre, sólo que en joven. Moreno, de cabellos castaños, ojos negros, ancho y alto. Muy fuerte. Con pinta de muy deportista.

—Eso ocurría antes, papá. Hoy las mujeres van preparadas. También los hombres. Y, si por la razón que sea, sale un no deseado embarazo, se para en seco antes de que se note. Ya sabes…

—¿Por qué no te echas una novia, y así tienes una mujer a la que puedas amar incluso casarte con ella cuando te llegue la hora?

—¡Oh, no! No estoy por ésas. No puedo olvidar que la convivencia es un desastre, al menos por lo que yo he visto y vivido. Antes de pasarme la vida como tú y mamá, me quedo célibe para el resto de mi existencia.

—La muestra no la hace un botón, Burt —opinó Brian con acento algo cansado—. No quiero darme honores, pero yo hubiera vivido sin un grito toda la vida. Tu madre era muy temperamental y de un carácter endiablado. Nunca fue mejor. Seguramente con el hombre que se ha ido sea feliz. Conmigo se casó a la fuerza. Más que yo con ella. Yo la quería, pero ella me quería bastante menos. De no haber sido por la familia, que la obligó, tu madre hubiera detenido el embarazo sin ningún pesar.

—De todos modos, no guardo buen recuerdo. Tampoco quiero ser tan callado como tú, papá. ¡Ojalá ella sea feliz con el hombre con que se fue!

—Vive en Montreal, Burt. Supongo que ahora ya se habrá casado con su amigo, y pienso que tú debes visitarla alguna vez.

Burt lo miró desconcertado.

—¿Yo? Papá, no seas soñador ni sentimental. No soporté nunca a mi madre, y ella a mí tampoco, porque yo era el motivo por el cual se tuvo que casar contigo... Yo a ti te admiro mucho, eres demasiado honrado y fiel... Nunca podré imitarte, pero ten por seguro que te admiro.

* * *

—No debiste ser tan descortés, Andrea. No está bien. Es un señor agradable y amable. No creas que abundan hombres así.

—Pero, mamá ¿no lo entiendes? Viene por mí. ¡El viejo verde! Si tiene cuarenta y más años, seguro... No me agradan los hombres tan generosos y que parecen tan buenos, mamá. Siempre ocultan algún propósito inconfesable.

—Me parece que eres demasiado imaginativa. Ni nuestra situación es como para andarse con disimulos. Si viniera por ti, te lo habría insinuado. Los hombres, por lo general, no son tan pacientes, Andrea; se les nota en seguida lo que persiguen. Yo diría que Brian Jones sólo persigue un poco de compañía blanca, amistosa, sin más.

—Fíate.

—No seas vanidosa. Además, eres desagradecida. En ningún momento he visto en él un gesto equívoco, una mirada dudosa... Es de los pocos hombres honrados que he conocido; y tú le trataste como un posible seductor.

Andrea casi enrojeció, pues pensara lo que ella pensara, tenía muy presente lo ocurrido en el burdel. ¿No tuvo ocasión de hacerse con ella? De ser otro hombre, no haría lo que él hizo. ¿Por qué, pues, pensar lo que estaba pensando?

—Andrea, te has quedado muy callada.

—Perdona… Es que a veces me paso. Cuando vuelva a verle le pediré perdón.

—Si vuelves a verle, porque con tu desplante casi le has despedido. Es más, vi dolor en su mirada oscura, desconcierto por tu sequedad y forma de decir las cosas…

—Lo siento.

Y decidió que lo buscaría. Quizá en aquella sala de fiestas que ocultaba un elegante burdel… Quizá donde tenía el coche que era un restaurante.

Pero la madre, sin proponérselo, le estaba dando la pista que ella necesitaba.

—Además había prometido colocarnos. Es un alto jefe de las fábricas de tejidos de Mortall. Lo que indica, además, que no nos echarán de la casa, pues el prometió frenar la acción, suponiendo que se pretendiera llevar a cabo.

—¿Y todo eso, por nada?

—Andrea, hija, deja de ser mal pensada por una vez. El clásico conquistador no se comporta así ante dos mujeres solas y desvalidas. No es que yo tenga mucho mundo, pues, aparte de tu padre, jamás tuve trato con ningún otro hombre, pero no se necesita saber mucho para comprender que ese señor Brian Jones es una gran persona. Está solo. Su mujer le abandonó por otro, y él se divorció. Pero, además, la vida entre ellos no era plácida precisamente. Hay hombres ruines, aprovechados, viles, pero no necesariamente todos los seres humanos son iguales.

—De acuerdo. ¿Cuántos días hace que no viene?

—Justamente una semana.

—Y, sin embargo, no tenemos empleo. ¿No te dice nada eso, mamá? Se olvidó al ver que perdía la partida y que yo le había descubierto las intenciones…

—Andrea, Andrea…

En aquel instante sonó el timbre. Andrea fue a abrir pensando toparse con el gran caballero. Pero se topó con un botones.

—¿Andrea Remick?

—Yo soy.

—Traigo esto para usted.

Y como giraba para no perder el ascensor, Andrea le gritó:

—¿No espera usted respuesta?

—No me dijeron que la tuviera —y se lanzó al ascensor, que mantenía sujeto con una mano para que no se lo llevaran en aquel laberinto de pisos—. Buenas tardes.

Andrea entró en la casa dándole vueltas a la carta.

—¿De quién es y quién la envía?

—Pues mira, es de la empresa Mortall, pero no sé quién la envía —y rompió la nema—. No entiendo la firma, pero está el sello de la empresa encima de un garabato y pone a máquina «Jefe de empresa».

—Dame.

Y se la arrebató a la hija para leerla aprisa.

«Persónese a las diez en punto en el despacho de dirección ante el gerente Harris. Se trata de algo que puede interesarle.» Y además de la firma que tú dices, pone «Jefe de personal». Eso quiere decir que quizá mister Jones está cumpliendo su palabra y te ofrezcan un empleo.

—¡Oh…! ¿Será posible, mamá?

—Tú, ve. Mañana a las diez estarás allí. Porque si te colocas ahí ya no nos quitarán la casa. Y si mister Jones te ayuda, como prometió, quizá puedas estudiar una carrera y trabajar a la vez.

Andrea cayó sentada con la carta en la mano, que leyó en silencio tres veces seguidas. Es más, aquella noche había pensado salir y disponer su vida futura en la calle o en un burdel. Era la única salida que le quedaba. No porque le gustase, no. Pero... ¿dónde podía ella ganar dinero para vivir con su madre?

Por supuesto que no salió: pensó que pondría una tregua. Si lo del empleo le salía mal, desde luego que terminaría por el camino que ya había intentado iniciar tres veces. La única de las tres que en realidad lo intentó se topó con aquel Brian Jones, que quizá, como decía su madre, fuera uno de los pocos hombres buenos que aún existían.

No durmió nada: dio vueltas y vueltas en el lecho. Suponía que su madre también estaría inquieta. Además, le tenía simpatía a mister Jones, y sobre todo, le estaba muy agradecida. «Si yo no estuviera tan temerosa y no fuera tan mal pensada, seguro que también le estimaría. Pero no me fío de los viejos verdes. Bien que me los topo por la calle y me miran como si me comieran. ¿Por qué mister Jones tiene que ser, por fuerza, diferente?»

Ni por la mente se le pasaba que si el señor Jones iba por su casa, iba por su madre, no por ella. De haberlo entendido así, maldito si le hubiera preocupado, pues bien merecía su madre alguna expansión, después de haber vivido oprimida tantos años. Además, era muy bonita, pero... Andrea no sospechó en modo alguno que, aun sin saberlo, Brian Jones se sentía muy distendido junto a Leila Remick.

6

Leila también había madrugado. Y había limpiado la casa en menos tiempo que de costumbre. Estaba nerviosa e intranquila, pero no consideraba a mister Jones capaz de fijarse en su hija con malos fines.

Como el piso era muy pequeño, se arreglaba en poco tiempo. Después se sentó a coser un vestido que le estaba reformando a Andrea y a esperar el regreso de ésta. Andrea llegó a las doce y media dando saltos y gritos.

—Mamá, mamá, ya está. Me han examinado. El señor Harris es el encargado del personal. Me estuvo preguntando cosas más de hora y media. Me recibieron en seguida —seguía saltando y hablando a gritos desaforados, tal era su entusiasmo—. Me dijo que era recomendada de mister Jones y que él tenía empeño en servir al jefe. Debe de ser un jefazo, mamá. ¿Te das cuenta?

—¿Le has visto?

—Déjame que te cuente todo como sucedió —se sentó delante de la máquina de coser, donde Leila detuvo su trabajo para mirarla y escucharla—. Yo pensé que las oficinas estaban en las fábricas. Ésas seis que se ubican unas junto a otras. Pues no. Las oficinas están en el mismo centro de la ciudad. En una casa enorme, de muchas plantas. Veinte o más; todas son oficinas. Con la carta me condujeron a la planta diez, donde, en varias puertas, ponía dirección, jefe de personal, gerencia y jefe de dirección. Es una planta enorme, llena de ventanillas y pasillos. Por allí trabaja la gente. Me refiero a los empleados. Algunos en un abertal, con mesas aquí y allá, y otros en despachos cerrados. A mí me recibieron en un despacho cerrado, en el cual estaba el señor Harris, jefe de personal, y dos señoritas, que supuse secretarias. Me sometieron a un examen exhaustivo. Al final me dieron una tarjeta. Y el que parecía el jefe me dijo: Ve a dar las gracias a tu mecenas. Está en la puerta que dice dirección. Mañana empezarás a trabajar, como ayudante de auxiliar, por las mañanas. De siete a doce. Son cinco horas seguidas. Cobrarás un sueldo como todos los empleados que, como tú, empiezan… Me fui con la tarjeta que me dio y que sólo decía: «Admitida», a la dirección que mister

Harris me indicó. Y me encontré con mister Jones. Mamá, es un jefe. Un alto jefe. Y me miraba satisfecho, con esa expresión de bueno. Tienes razón, mamá, es una buena persona.

—¿Y qué te dijo?

—Que podía empezar mañana, con la condición de que me matriculase en la universidad para estudiar por las tardes. También me dijo que ahora estaba tratando de colocarte a ti.

—¡Dios mío, Andrea! El día que entró por esa puerta... fue como si entrara la Providencia...

—No lo sabes tú bien —y se levantó y empezó a dar saltos de nuevo.

Se cerró después en su cuarto a pensar. Es verdad que había sido providencial encontrarse con mister Jones, aquel tipo flemático que siempre parecía cansado y aburrido, pero que no estaba cansado. Quizá sí estuviese aburrido.

Por la noche le decía a su madre:

—Mira, seguiré con las clases de francés, y si continúo en la empresa y estudio por la tarde, veré de reunir algún dinero para ir a París en verano y practicar el francés. Voy a estudiar Sociología. Me gusta tratar a las gentes y ayudarles, conocerles. Además no es una carrera difícil. Para ascender y llegar a ser, por ejemplo, relaciones públicas, necesito idiomas. Por lo tanto, es eso lo que haré.

—Y si yo trabajo un día, te quedas con tu sueldo, y un verano te puedes ir a París y otro a Alemania. Cuantos más idiomas sepas, mejor para ganar dinero y vivir bien. Me parece que tu opinión sobre el señor Jones habrá cambiado.

—¡Oh, sí, sí! Pero él sigue enfadado, porque no ha vuelto. Voy a salir un rato, mamá. Tengo que contarles a mis compañeros de clase que ya tengo trabajo.

—No tardes en volver. Ya sabes lo que sucedió aquel día cuando salías de la academia y te topaste con unos impertinentes gamberros.

Andrea se marchó a toda prisa, porque se ponía roja como la grana. ¿Qué diría su madre si supiera cómo la había conocido, en realidad, mister Jones?

En el portal quedó algo envarada. Mister Jones paró el coche y saltó a la acera. Pero no venía cargado, como otras veces.

Andrea se replegó en el portal. Cuando él lo cruzaba le salió al paso.

—Mister Jones...

—¡Ah, Andrea! ¿Qué tal? ¿Estás dispuesta para empezar mañana?

—Sí, señor. Pero... —la voz de Andrea se hacía temblona— quiero confesarle una cosa, mister Jones.

—Pues dime...

—Yo pensé... Bueno, pensé... que usted... no me había tocado en aquel burdel, pero que... pensaba tomarme con más cautela. Ya sé que usted dijo aquella noche que detestaba la prostitución, pero no dijo si le gustaba un plan, y yo pensé...

Brian Jones no era muy dado a la carcajada, ni siquiera a la risa, pero en aquel momento soltó una sonora carcajada.

—Es decir, que pensaste que pretendía ligarte... con malos fines.

—Eso es, señor.

—Vete, anda. Y procura que no se te meta en la cabeza volver a ciertos lugares. Los adolescentes deben vivir, pero vivir honestamente; nunca buscar caminos fáciles. Te lo dije aquella noche, y te lo sigo diciendo ahora. No me agradan las jovencitas para planes fáciles. Para nada, Andrea. Ni para planes fáciles, ni para pareja, ni para esposas... Las jóvenes me gusta mirarlas y verlas divertirse, pero no por morbo, sino porque ellas disfruten.

—Sí, señor.

—¿Está tu madre en casa?

—Sí, sí. Y muy contenta y muy agradecida.

—No tardes en volver, Andrea. Me gustó mucho aquel pastel que preparaste el otro día.

—Hace más de una semana, señor, que usted no ha vuelto...

—Bueno, hay que entender que tú no me recibías muy bien… —le puso una mano en el hombro—. Andrea, métete en la cabeza que yo no soy el clásico hombre oportunista. Estoy solo y tengo un hijo de veinte años. Pero él hace su vida, y yo… pues busco una amiga. Una amiga espiritual. Estoy muy harto de otras cosas. Me gustaría que aceptaras la cuestión desde esa dimensión.

—Mamá también está sola.

—Pues por eso mismo. Y somos mayores. Sabemos los dos lo que nos agrada o lo que buscamos.

Andrea abrió los ojos así de grandes.

—Mister Jones… ¿es que… que… le gusta mamá?

Otra vez rió fuerte Jones. ¡Cuánto tiempo sin reír así!

—No es eso, Andrea. Tampoco es eso. Me gusta verla, conversar con ella. Tenemos muchos puntos de afinidad, pero si piensas que busco amor, no. Ni tu madre ni yo deseamos complicarnos la vida. Ya te darás cuenta cuando crezcas —y sin transición—. Procura ser puntual mañana y no te olvides de que te busqué el empleo para que estudies en la universidad.

—Haré Sociología y aprenderé idiomas. Le aseguro que nunca le pesará haberme echado una mano.

—De acuerdo, Andrea.

Y se fue dándole dos golpecitos en la espalda.

* * *

Le abrió la misma Leila, y era lógico, lo que
él esperaba, puesto que Andrea se había ido hacia un grupo de chicos y chicas que conversaban
sentados en los peldaños de un merendero que
parecía una tarima, donde en alguna ocasión tocaba una orquesta.

—Mister Jones —exclamó Leila emociona-
da—, no sabe cuánto le agradezco que haya colocado a mi hija. Está como loca. Pase, pase... Estaba cosiendo a máquina. Hay que arreglarse
como una puede. Me entretengo combinando ves-
tidos viejos para que Andrea ande decente... Pero, pase. No se quede ahí en el umbral.

Brian pasó y cerró él mismo la puerta.

Pensaba que no entendía por qué no iba con
sus compañeros a jugar la partida. Pensarían que
les guardaba rencor por aquella pesada broma. Pues
no. No iba porque prefería sentarse junto a Leila
y conversar, aunque fuese de trivialidades, a pesar
de que no se imaginaba a Leila hablando de tonterías, como no se imaginaba a sí mismo. El caso
es que sufrió una semana por no haber ido. Hasta
no conseguir el empleo para Andrea no se atrevió,

pues en el rostro de la joven estaba claro que no era bien recibido. Sin duda, Andrea pensaba que iba por ella. Y no. Él iba porque al lado de Leila se sentía a gusto, sosegado, distendido… No se imaginaba a Leila dando gritos desaforados como su ex-esposa, ni desbarrando por todo, ni alzando siquiera la voz. Era una mujer equilibrada, y muy atractiva. Sumamente atractiva. Se la imaginaba con una vida interior muy rica, muy aferrada a sus hábitos, tal vez, tal vez muy constreñida por haber vivido con un marido sin imaginación.

—Siéntese, mister Jones.

—Estoy pensando algo, señora Remick… Nos tratamos como dos extraños, pero yo pienso que ya somos bastante amigos. Además, a mí, con las personas que me siento bien, me resulta violento el usted. No sé lo que pensará de mi pretensión… Me refiero al usted…

—Por eso no hay inconveniente. Sepa que… bueno, quiero decir que el tratarte de tú quizá me sea violento, pero, si lo deseas, no tengo inconveniente.

—No es que seamos de la misma edad —dijo Brian, con su parsimonia habitual de hombre sin prisas, lo cual crispaba a Sonia, pero no tenía la impresión de que crispase a Leila—, pero sí de la misma generación. Yo tengo treinta y nueve años. No me da vergüenza confesarlo.

—Yo, treinta y tres... cumplidos. Me casé a los dieciséis años, embarazada de siete meses...

—Con tu novio de toda la vida.

—Bueno, con mi primer novio. Después, jamás tuve líos. Detesto las infidelidades. No me parece ético. Si uno vive en pareja, lo lógico es que cada cual sea fiel a lo suyo... De lo contrario, para eso tenemos una amplia ley de divorcio. Lo que tú hiciste, por ejemplo.

—Pues te diré —fumaba parsimonioso—. Yo no pensaba pedir el divorcio. Me había habituado ya a tener una mujer irascible, una mujer imprevisible, que nunca sabía por dónde iba a salir. Estimo que, pese a todo, Sonia me fue fiel durante nuestra convivencia. Pero también reconozco que el día que se cansó y se fue, no lo hizo sola. Pero es lógico...

—Me estás diciendo, que, de no haberse ido, la habrías aguantado toda la vida...

—En cierto modo, sí. Yo no hubiera dado un paso para el divorcio. Pero Sonia se fue; sólo al marcharse entendí que me había quedado en el cielo. Cesaron los gritos, las disputas. Y lo curioso es que, con respecto al matrimonio, las disputas eran como monólogos, pues yo prefería no escucharla. Aunque, en esos casos, nunca le gritaba a mi vez. No me gustan los gritos —daba vueltas al cigarrillo entre los dedos—. Detesto las salidas de tono, las violencias. Tal vez por eso vengo a tu casa. Eres pacífica: se nota en tu mirada. Ofreces paz, sosiego… No sé cómo explicarlo… No soy hombre de amigos. Compañeros, y bueno, basta; a veces no son del todo buenos. No tengo mujeres amigas, ni líos de faldas. Detesto andar engañando a nadie, diciendo mentiras para tener unas horas de placer sexual. No sé si me explico.

—Te explicas muy bien, y nos parecemos bastante, sí. Don, mi difunto esposo, no era gritón, no, pero es que tampoco le di motivos. Era un hombre anodino, con el cual me casé por obligación y por amor, un amor especial, pero amor al fin y al cabo. Un amor de adolescente, que fue madurando sin darse cuenta, sin ninguna emoción, pero también sin sobresaltos.

—Pero no me digas que tu sensibilidad acepta haber sido plenamente feliz.

—Bueno, me conformé. Me había tocado aquello. Y procuré hacer feliz a mi marido, como era mi deber. Pasamos necesidades. Si yo hubiera trabajado, podía haber aliviado el peso que llevaba solo Don, pero él era así…

—Los celos son complejos ocultos, ¿no?

—Yo creo que sí. Pero Don aseguraba que eran debidos al mucho cariño.

—Pues hay cariños que matan. Yo no pienso eso de los celos. Cuando una persona ama a otra procura hacerla feliz por todos los medios a su alcance. Los celos despiertan rencillas, desconfianzas, fricciones. Y la persona que los sufre los hace sufrir a su pareja, y con sufrimiento no se puede ser dichoso.

—Es que Don no alcanzaba tanto el pobre. Miraba más la superficialidad.

—Y te acoplaste a él.

—Era mi deber.

—Los chicos de hoy, afortunadamente, no entienden esos deberes. La diferencia entre la juventud de ayer y la de hoy tiene factores muy positivos. El joven actual es sincero, se comunica abiertamente con su pareja. Ellos se lo dicen todo, no se callan nada; de ahí nace la compenetración, la convivencia sosegada o alterada, pero ellos se aceptan tal cual cuando realmente se aceptan, porque si hay fallos en uno u otro se divorcian y cada cual busca su pareja mejor lejos del entorno anterior. Eso es vivir la vida —suspiraba riendo—. La esencia de la sinceridad… La convivencia tiene que ser así, o todo es una mentira.

—Pues aún hay mujeres que parecen hacer muy felices a sus maridos, y tienen sus aventuras extramatrimoniales.

—Por supuesto. El mundo dejaría de ser mundo si no existiese en él ese tipo de falsedades. Pero las falsedades nunca hacen la felicidad; tarde o temprano todo se destapa. Yo tengo compañeros que están casados y son dichosos, o eso aseguran, pero no reparan en irse de vez en cuando a un burdel a desentumecerse, según aseguran. Incluso dicen que después quieren más a sus mujeres. Yo eso no lo entiendo —y dándole vueltas al cigarrillo entre los dedos, añadió con acento cansado—. Nunca le fui infiel a Sonia. Era así, y me hartaba, pero quizá por eso no me apeteció conocer a otra mujer en el sentido sexual, porque la tuve a ella; en cuanto a ese apartado era una buena amante —emitió una sonrisa—. Pero, desde que se fue, estoy mucho más tranquilo, aunque no me quedó deseo alguno de volverme a casar, y mucho menos de tener una amante.

Miró la hora.

—Bueno, Leila, te venía a decir que para ti es más difícil hallar empleo por la edad. Por lo visto, las personas que pasan de los treinta tienen por fuerza que morirse de hambre, pero no desisto. Espero que durante este mes pueda encontrarte un hueco. Oye —amable y con acento monótono, muy suyo y que Leila ya iba conociendo—, ¿quieres que mañana cenemos juntos? Te lo propongo sin ánimo de nada. De amigo a amigo. Me puedes creer.

—No necesitas forzarte, Brian. Te creo. Además te creí desde el principio.

—¿Entonces aceptas?

—Sí claro. Saldré, al menos, de mi oscuridad.

—Vendré a buscarte a las diez. ¿Te parece bien?

—Por supuesto. Estaré lista.

Le apretó la mano cordialmente y se despidió. Cuando llegó Andrea, Leila se lo contó.

La joven empezó a reír, sarcástica.

—Mamá, que eres tú su objetivo. ¿Cómo no me di cuenta? Le gustas, mamá.

—No seas loca. Es un amigo estupendo. Yo nunca he tenido amigos, y me place tener a Brian por tal.

—Yo nunca creía en la amistad espiritual de los hombres y las mujeres, mamá, pero haces muy bien. Y si un día, de amigos llegáis a otra cosa, pues estupendo.

—No digas locuras. Yo no me casaré jamás. Una vez, y basta.

Andrea se fue a su cuarto pensando que torres más altas habían caído. Además, ella decía que ojalá cayeran…

7

No se le ocurrió contarle nada de su nueva amistad a su hijo Burt. En realidad, además de padre e hijo, eran estupendos amigos, y solían tratarse de hombre a hombre. Pero eso no indicaba, ni mucho menos, que tuviera que contarle a Burt las salidas y entradas ni lo que hacía durante ellas, como tampoco éste le contaba a él sus líos con chicas, sus romances y demás actividades personales.

Por otra parte, él era muy poco comunicativo en cuanto a su vida privada. Los gritos de Sonia y su vida sobresaltada a su lado le habían ido cerrando poco a poco la boca, y si bien no era un introvertido ni un acomplejado, resultaba especial en ciertos aspectos, como el referente a su vida íntima como hombre.

Esa noche no se vistió ni mejor ni peor que cualquier otra. Por su elevada situación en la empresa textil, de la cual era pequeño accionista, pero accionista al fin y al cabo, formaba parte del consejo; además era subdirector de unas empresas textiles que tenían fama en el Estado de Maryland. Por todo ello solía vestir siempre de ejecutivo. Le gustaba pasar los fines de semana en cualquier hotel de la costa. Y entonces prefería vestir de sport, pero como más a gusto se encontraba era con traje entero, camisa y corbata. Esta costumbre la empezó cuando terminó económicas y se colocó de contable en la empresa. Peldaño a peldaño fue subiendo hasta convertirse en lo que era, si bien jamás hacía alarde de ello; la prueba estaba en que solía jugar la partida con compañeros muy inferiores a él en cuanto a relevancia en la sociedad.

Esa noche, Burt se iba. Brian terminaba de prepararse en su cuarto. Aquél asomó la cabeza y dijo:

—No sé a qué hora volveré, papá. Ya veremos. Te veré mañana —y, dicho esto cerró la puerta. Había visto a su padre poniéndose la corbata frente al espejo. Brian raras veces salía de noche, salvo si estaba comprometido en una fiesta privada con relación a la empresa—. ¿Es que vas a salir, papá? —preguntó asomándose de nuevo.

—Pues sí —le miraba a través del espejo—. Ceno fuera esta noche.

—¿Una reunión comercial de ésas que te agradan tanto?

Brian elevó un poco los ojos y vio tras él a su hijo a través del espejo. Burt no era tan alto como él, pero tal vez aún creciese. Cuando veía alguna fotografía suya, a la edad de Burt, se imaginaba a sí mismo en la figura de su hijo. Descendían de italianos. Su cabello castaño oscuro y sus negros ojos, así como la piel cetrina, indicaban que aún quedaba algo de sus antepasados italianos.

—No se trata de una reunión de empresa —dijo únicamente.

—No me digas que hay mujeres por medio. No te imagino, papá, y perdona.

Brian emitió una risita. Dijo únicamente:

—Te veré mañana. ¡Ah! Estuve hablando de ti con el presidente. Ayer almorcé con él. Hablamos de muchas cosas, entre ellas de tu futuro. Supongo que este verano volverás a España. Mister Told me decía que le interesaba que fueras más bien de empleado a una fábrica textil. Los españoles son genios en esa cuestión. En Barcelona está lo mejor en esa materia.

—No pensarás que me pase el verano estudiando nuevos métodos para ganarles la batalla a los españoles.

—Eso fue lo que le dije a mister Told. De todos modos, piénsalo. Es tu último año de carrera. Entrarás en las oficinas centrales, tal vez de momento como secretario mío, pero yo tengo el interés lógico de que llegues y escales puestos hasta situarte debidamente. La vida no es una comedia. Es algo muy serio, y no por ser tan serio está reñido con la diversión. Quiero decir que uno se debe divertir sólo hasta lo normal, no perder la cabeza y ser siempre responsable. Yo estoy satisfecho de ti, Burt. Y si te digo la verdad, espero que no me defraudes nunca.

Burt le palmeó el hombro y se fue riendo, sin insistir en saber adónde iba su padre, que, por la razón que fuera, Brian no deseaba contar a su hijo y evitó con su chachara que Burt siguiera averiguando.

No es que le diera vergüenza. A fin de cuentas era un hombre joven aún, fuerte y vigoroso. Y si no hacía el amor era porque había quedado demasiado harto; necesitaba una tregua de reposo. Por otra parte, detestaba la prostitución. Y como carecía de amigas, no se molestaba en buscar una mujer. No estaba por la tarea de echarse una amante ni tener pareja fija, y menos aún pensar en volverse a casar.

Por todo ello entendía que Leila era una buena amiga y que, como pensaba como él, no se comprometían a nada cenando juntos. Pero eso Burt no iba a entenderlo: por lo tanto era mejor callarse.

Conduciendo el coche, se preguntaba si había en él algún interés especial en salir con Leila. Pues sí lo había, pero no sentimental. Cierto que Leila era muy linda, que parecía más joven y que era vital, pero cálida, sosegada. Él se encontraba más apaciguado a su lado, pero nada más. Absolutamente nada más.

Paró el coche. Luego pulsó el timbre del portero automático, al cual replicó Andrea.

—Mister Jones ¿es usted?

—Pues sí.

—Mamá ya baja en el ascensor. Yo estaba vigilando para cuando llegara su coche. Estará con usted en segundos. Que lo pase bien.

—¿Qué tal tu primer día de trabajo, Andrea?

—Estupendo. Todos se han portado magníficamente conmigo. Estoy en blanco, pero gracias a mis compañeros me pondré pronto al tanto. Además, de repente se han enterado de que domino bien el francés. Mañana me pondrán en la correspondencia exterior.

—Es magnífico, Andrea. Ya preguntaré cómo andas y lo que haces. Buenas noches.

—Buenas, señor.

Y al girar ya vio a Leila aparecer en medio del portal. No era una mujer que vistiera elegantemente, desde luego. Pero tenía porte, clase. Brian se imaginó que, bien vestida, dejaría a uno apabullado. En aquella ocasión vestía de oscuro, y encima llevaba un abrigo de paño negro con cuello blanco de pelo. Calzaba zapatos de medio tacón y medias también negras. Ni adornos ni nada. Un ligero maquillaje. Pero ni una sola bisutería. Eso sí: sus verdes ojos parecían joyas. Era lo que más resaltaba de aquella mujer, los ojos, y el pelo cortado desigual, de modo que se movía para todas partes sin por ello despeinarse. Eso, junto con la boca limpia, de labios húmedos y sensuales, algo gordezuelos y unos dientes perfectos, le podían colocar entre las mujeres muy, pero que muy favorecidas por la naturaleza.

* * *

El traje era de un gris perla, de cuello camisero y recto, que modelaba su esbelta y armoniosa figura. Brian pudo apreciarlo cuando entraron en el restaurante y dejó el abrigo en el guardarropa. También se fijó en cómo la miraban los allí presentes. Era una mujer de serena belleza, pero tenía algo en la mirada que llamaba la atención y, junto con su esbeltez, perfeccionaba la mujer deseada. Brian no la miraba así, pero apreciaba que los allí presentes, la mayoría, la miraban admirativos o codiciosos.

—Andrea ha vuelto muy contenta —le dijo Leila, mientras degustaba un exquisito plato de setas con salmón—. Además, parece ser que se han fijado en que domina bastante bien el francés. Mañana se iniciará en la correspondencia extranjera.

—Ya me lo ha dicho ella por el portero automático. Supongo que seguirá con sus clases de francés.

—Y este verano se irá a París. Y el otro a Alemania, durante las vacaciones. No quiero su dinero. Se lo guardaré para sus gastos personales. Yo tengo suficiente con lo mío, y si no tengo, me aguanto.

—Espero que pronto pueda emplearte. Estuve almorzando hoy con mister Told, que es el presidente de la sociedad, y le hablé de ti. Me preguntó que si tienes buena facha, y la tienes, que entonces podrás ocuparte de las relaciones públicas en recepción. Es un puesto importante, no se gana una barbaridad, pero es cómodo. Y se aprende mucho en cuanto a don de gentes, porque se trata a muchas personas. Espero que Told no lo olvide.

—Te lo agradezco sinceramente. Verás, yo nunca di un centavo por hacer las labores de casa, pero...

—Pero las has tenido que hacer.

—Evidentemente. Don prefería que me quedase en el hogar. Y una va habituándose... —su voz se apagaba poco a poco—. Don fue un excelente marido, un padre ejemplar, pero por su falta de ambición nos tenía coartados a todos. A mí y a mi hija.

—A sus dos mujeres.

—Pues sí. Don era muy especial…

Brian preguntó de súbito:

—¿Te hizo feliz?

Leila elevó vivamente la mirada deslumbradora que para Brian ocultaba en el fondo un celaje de melancolía.

—Verás. Una se habitúa a lo anodino, a lo pasivo… No sé cómo explicarlo. Don era el típico hombre rutinario, nada sorpresivo; no producía emociones fuertes, pero sí paz y sosiego. Al no haber tenido otra relación nunca supe diferenciar. Tampoco he tenido amigas con las cuales cambiar ideas. Las mujeres solemos hablar de cosas íntimas y cambiar impresiones. Pero yo tampoco tuve esa oportunidad. De modo que me conformé con lo que tenía. No aspiré a más.

—Pero eso es conformarse con muy poco.

—Supongo que sí. Pero nunca se me ocurrió buscar lo que no tenía en casa o preguntarme siquiera si no era perfecto o si podía sacarle más provecho a la vida privada, personal.

Hablaba con naturalidad. Brian se daba cuenta de que Leila, además de hacerlo con sencillez, lo hacía con sinceridad y no escapaba hacia conversaciones o temas íntimos. Una cualidad más que Brian apreciaba. Por eso dijo sonriente:

—Se me antoja que vamos a ser buenos amigos, Leila. Suponiendo, naturalmente, que de repente, cuando estés trabajando, no encuentres un hombre que te enamore. Yo, la verdad, no sabría enamorarte. Pienso que para enamorar hay que estar preparado y proponérselo.

—Dicen que enamora más el que no se lo propone, y la mujer que también vive ajena a sus propios encantos se garantiza el triunfo como tal, sin pensar que lo está obteniendo. Pero eso sólo lo dicen los literatos para adornar sus narraciones. Yo no busco nada concreto. Hasta que te conocí a ti, me pasé la vida en casa o yendo al supermercado, y no recuerdo haber ido a un cine. Y algo más importante, no tengo intención alguna de enamorarme, y menos de casarme. No sé si he sido feliz —añadió pensativa—. No estoy segura. Pero sí lo estoy de haber vivido una vida apacible y de sentirme a gusto con ella. Don no era un portento de imaginación y apasionamiento, pero sí un buen compañero y un fiel marido. Estoy segura de que se consagró a mí, como yo a él. Hay personas que se conforman con poco, si ese poco es estable y seguro, aunque en cierto modo sea pasivo.

—No puedo refutarte nada, porque yo he vivido una vida a la inversa, pero llena de sobresaltos y resquemores. Más de una vez pensé en marcharme y dejarlo todo. Detesto los gritos, y los tenía en mi vida y en mi casa a diario. Por nada ¿sabes? Que si aquel cenicero estaba allí y se había cambiado. Que si mi corbata no coincidía con el traje. Que si deseaba cenar fuera, y yo prefería la paz del hogar, que no era paz, dígase todo, sino una batalla campal. Como mujer o como amante, si así se le quiere llamar, resultaba positiva, pero… la vida no se compone de un lecho ni de dos horas de sexualidad. Al menos, yo no la mido desde ese prisma. Prefiero una convivencia apacible y media hora de intensa pasión, que seis de pasión y el resto de sobresalto. Pero estaba mi hijo, y y adoro a Burt. No es que tengamos una comunicación intimísima, pero él sabe que estoy siempre allí y yo sé que él está siempre donde tiene que estar. Te diré más, esta noche me sorprendió vistiéndome: le extrañó, pues soy hombre de pocas salidas, salvo para cumplir mis compromisos con la empresa, sea de noche o de día. El caso es que me preguntó adónde iba, pero no se lo dije. ¿Pudor? Pues no lo sé.

Se pasaron así una larga sobremesa. Al salir, Brian dijo de súbito:

—¿Qué te parece si terminamos la noche en una sala de fiestas?

—Pues… si te digo la verdad, sólo fui dos o tres veces con Don, y me lo pasé mirando cómo bailaban. Don no sabía bailar.

—¿Tú sabes?

—Supongo que se me habrá olvidado. Lo hacía a los quince años en fiestecillas de ésas que había entonces en casa de una amiguita. Después me enzarcé con Don, y surgió lo que surgió —miró la hora en su reloj de pulsera—. Es tarde. Prefiero volver a casa.

—Pues como gustes.

Y la llevó en su vehículo. Al dejarla en el portal le asió las dos manos y le dijo con su parsimonia habitual, lento y flemático, pero sincero:

—Lo he pasado divinamente, Leila. Tenemos que repetirlo. Somos dos extraviados por este mundo que es la vida. Y juntos nos entretenemos.

—De acuerdo, Brian. Gracias por la velada. En realidad me gustó mucho.

Pero Brian no volvió a por ella en más de tres semanas. Para entonces ya había enviado una carta la oficina del jefe de personal citándola para ocupar el puesto de relaciones públicas.

8

Sus horas de trabajo eran diferentes de las de su hija. Es decir, ella entraba a las nueve de la mañana y salía a las seis de la tarde. Por ello, comía en los comedores que para tal fin había en las plantas segunda y tercera del edificio.

Allí conoció a mucha gente, pero no vio a Brian. Tampoco se atrevió a preguntar por él. No es que le interesara en especial, pero... le echaba de menos. Tampoco sabía por qué no se había vuelto a comunicar con ella. Además, no había tenido ocasión de darle las gracias por el empleo que había conseguido.

Su jefa era una alemana muy elegante. El primer día le dijo:

—Señora Remick, tendrá que renovar el vestuario. Para eso la empresa le entregará un sobre con una tarjeta. No hay dinero, pero esa tarjeta le servirá para comprarse un equipo especial. Aquí tratamos con personas de muy alta esfera social, y los modales, el vestuario, el mismo maquillaje forman parte del entramado profesional. Si lo desea, la acompaño. Está usted recomendada por la misma dirección y yo tengo el encargo de ayudarle.

—Pues se lo agradezco mucho, señora Hamilton.

Fueron aquella misma tarde. El comercio pertenecía a la empresa. Leila, asustada, nunca había visto modelos de tal categoría y precio. La señora Hamilton no cesaba de pedir y ella de probarse. Cuando por la noche retomó a su casa, un botones ya había dejado en ella montones de paquetes. Andrea se encargaba de abrir las cajas, y se maravillaba del nuevo equipo de su madre.

—Mamá, si eres guapa con la ropa hecha por ti misma, imagínate con ésta. Parecerás una maniquí. Oye —intrigada—, ¿os habéis enfadado tú y mister Jones? No he vuelto a verlo por casa.

—Tampoco por las oficinas de la sede.

—Suele viajar, según comentan por allí. Es un alto ejecutivo. Viaja mucho a España e Italia. A Londres. ¡Qué sé yo! Dicen que se pasa media vida volando. Seguro que está de viaje.

Tres días después, inesperadamente, cuando ella entraba en el comedor, en el segundo turno, se tropezó con él. Brian iba a pasar a su lado sin conocerla. De súbito, volvió la cabeza.

—¿Leila? —preguntó.

Ella también giró la cabeza, pues de momento pensó que Brian no deseaba saludarla en las oficinas e hizo como si no se fijara en él. Pero, al sentir su nombre, se volvió en redondo.

Brian se le acercó en dos zancadas y se le quedó mirando entre maravillado y desconcertado.

—Leila —terminó por reír al fin—, ¿tú? ¿Qué has hecho contigo? Estás más bella, pero pareces… pareces… Bueno —la asió del codo—, vamos a comer, porque creo que te diriges a los comedores.

—Eso es.

—Almorzaremos juntos. Suelo tener un apartado, pero esta vez almorzaré con todo el personal, pero teniéndote cerca. ¿Qué tal? Oye, con esas ropas parece que sales de una casa de modas. Has cambiado una barbaridad, si bien en esencia eres tú misma. Estuve de viaje —añadió sin transición y sin soltarle el codo—. Me pasé de un lugar a otro durante casi quince días. No esperaba que estuvieras ya aquí. Pero también es cierto que se me olvidó preguntar. Pensaba ir a visitarte esta tarde… y mira por dónde, mister Told ya te ha colocado en el lugar que mejor te va. ¿Qué tal la cascarrabias de tu jefa? Es una persona formidable, pero muy puntillosa…

—Lo primero que hizo fue ir a comprarme el vestuario. Yo me encuentro rara con estas ropas, y eso que ya me voy habituando.

—Es lógico. La verdad es que si las eligió la señora Hamilton, es persona de gusto. Y me consta que lo es, dado como viste ella. En relaciones públicas se requiere mucho tacto, muy buen hacer, muy bien estar y vestir muy bien. ¿Has conocido a muchas personas? Son todas de categoría. Compradores, clientes, visitantes, proveedores…

—He conocido a algunas. Pero no haces más que preguntar, Brian, y aún no me has dicho dónde has estado tú.

—Cierto, cierto. Siéntate —y él mismo le retiró la silla—. Francamente estás muy elegante. Has cambiado una barbaridad, pero en el fondo eres tú. No se puede sacar de donde no hay. Pero es muy fácil sacar de donde abunda. Por eso el partido que se ha conseguido de ti es casi, casi espectacular. —Y sin dejarle decir nada, añadió con una verborrea poco habitual en un tipo tan flemático y tan pausado—. ¿Cenamos juntos esta noche? Verás, me lo pasé viajando. Y estoy deseando pisar tierra firme y sentirme de pie en algún lugar animado y con una compañía apacible. ¿Qué me dices?

—Bueno. Por mí, sí. Y te diré, además, que te agradezco mucho que me hayas conseguido este empleo. Gano un sueldo considerable, y mi vida ha cambiado por completo. No salgo, porque prefiero estar en mi casa, pero tengo oportunidades de hacerlo con compañeros de aquí. Eso resulta gratificante. Por lo menos no vivo encerrada, y el trabajo me va como anillo al dedo. Si eres amigo de la señora Hamilton, que es mi jefa, como sabes, pregúntale.

—No es mi amiga, porque yo sólo doy ese tratamiento a personas que aprecio mucho. A la señora Hamilton, ni la aprecio ni la desprecio. Es una persona entendida. Sabe muy bien lo que se trae entre manos, pero como eres mi recomendada, aunque no se sepa, pues prefiero evitar comentarios gratis y poco eficientes, ya me dirá el presidente si la señora Hamilton está contenta contigo o no lo está, porque el presidente, desde su altísimo sillón, se interesa hasta por un botones. La empresa está siempre al corriente de quién cesa y de quién ingresa. Pero, volviendo a esta noche, ¿salimos? ¿A qué hora te parece que vaya a buscarte? Cena y sala de fiestas, ¿no? Porque con tu pinta parece que estás vistiéndote de largo por primera vez.

—¿Es que se me nota que no llevo la ropa con soltura?

—No, no. Quiero decir que, además de llevarla con estupenda soltura, tal parece que siempre, desde que naciste, la llevaste encima, lo que no es viable a muchas mujeres o, por el contrario, a casi ninguna. Muchas necesitan años para adaptarse a la nueva situación —por encima de la mesa golpeó, afectuoso, los finos dedos femeninos—. Estás preciosa, Leila. Te mereces eso, y mucho más. Añadida a tu auténtica belleza y personalidad, está aún por encima tu carácter dulce, tu sosiego, ese equilibrio que invita a sentarse a tu lado y estarse silencioso.

—Gracias, Brian. Eres un hombre excelente.

Se estuvieron piropeando hasta que terminó la comida. Después se despidieron con un, por parte de Brian:

—A las nueve iré a buscarte.

—Te esperaré.

Brian apreció que lo miraban sus amigos de poker. Les sonrió. Rob le guiñó un ojo como diciendo: Mírala, chico. Ésa es que ni pintada para ti.

Brian emitió una risita sardónica. Casi estuvo por acercarse a Rob y decirle: «Pues ya ves, el conocerla lo debo a tu gamberrada».

Pero no. Ni él era comunicativo ni Rob tenía la categoría de amigo con el cual él confidenciase.

Se metió en su despacho minutos después. A media tarde hubo de personarse en el despacho de la presidencia porque mister Told le consultaba para todo. Aprovechó para preguntarle qué sabía de su recomendada, la señora Remick.

—No la conozco —le dijo mister Told con su flema habitual—, pero, según parece, tiene alborotado a todo el personal masculino, y, lo que es peor, a los clientes.

—¿A los clientes?

—Claro. ¿Se acuerda usted de mister Wayne de Atlanta? Es un casanova. El otro día me dijo que pensaba invitar a comer a la señora Remick, de relaciones públicas, y que si yo tenía inconveniente. Y no lo tengo. Las relaciones públicas están ceñidas a esta empresa, pero nunca a compartir los almuerzos eróticos de los clientes. Es muy distinto si ellas lo prefieren. La señora Hamilton está casada, como sabe usted, y enamorada de su marido. Por ello, una comida con un cliente fuera de esta sede, no le interesa. Pero la señora Remick es viuda; puede hacer lo que guste, lejos de su responsabilidad aquí.

—¿Y fue? —preguntó Brian, muy apurado. Y se asombró porque era la primera vez que algo le exaltaba.

—¿La señora Remick? Pues no lo sé. No he vuelto a ver a mister Wayne. Si fue esa señora viuda que parece ser gusta a todos, se habrá acostado con él. Mister Wayne no es de los que pierden el tiempo.

Brian estuvo todo el día, o mejor, el resto de la tarde, inquieto. Sólo se tranquilizó cuando estuvo sentado con una Leila preciosa y elegantemente vestida en un lujoso restaurante.

* * *

—Están contentos contigo —fue lo primero que dijo Brian cuando se sentaron a la mesa—. Estuve esta tarde con mister Told. Parece ser que tienes revolucionado al personal y a los clientes… que son, en realidad, con quienes tienes más relación, ya que para eso estás en las oficinas de relaciones públicas.

—Ciertamente es así, pero no creo que la revolución se arme concretamente por mí, sino por toda mujer que entra. Según la señora Hamilton, casi todas las relaciones públicas que pasaron por la sede de la sociedad eran jóvenes y bien parecidas. Para ese puesto se requiere don de gentes, soltura y cierto atractivo. Sin embargo —y hablando así, parecía súbitamente pensativa—, hay ciertas cosas que resultan violentas y desagradables.

—¿Como cuáles?

—Los clientes… Les entretienes, les das detalles de lo que desean saber, les orientas, pero siempre desean más.

—¿Sí?

—Un tal mister Wayne, de Atlanta, es el más fastidioso. Llevo apenas dos semanas en el puesto, y ya le he visto dos veces, y en las dos se empeñaba en invitarme a salir por la noche. Le pregunté a la señora Hamilton si estaba obligada: me dijo rotundamente que no. Y aún añadió que en las oficinas debo ser amable, correcta y delicada, pero siempre cautelosa, y que en la calle era asunto mío.

—¿Y… saliste?

—No. Me resulta untuoso. Y tiene una mirada lasciva que irrita. Yo no tengo habilidad para salir con hombres, y cuando lo hago debo, o quiero, enfrentarme con personas honestas, cabales y caballeros. Como tú, por ejemplo. No sirvo ni para planes ni para futuros. Me casé una vez, pero no volveré a casarme más. Eso lo tengo muy claro. Tampoco sirvo para amante o pareja. No me veo.

No me acepto. ¿Complejo de algo? Puede. Pero Don me enseñó a vivir en la decencia; no sabría jamás escaparme de ella.

—Eso es cierto. Pero, ¿qué sucedería si te enamoraras? Mister Wayne es poderoso, divorciado dos veces y con líos de faldas en todas partes. Pero puede enamorarse, y a mí me resultaría del todo lógico que se enamorara de ti.

Leila soltó una tibia risita.

—Brian, me está pareciendo que no me conoces nada. Yo no creo que el amor sea capaz de convencerme en absoluto. Viví con Don, si no feliz, por lo menos conforme y plegada. El amor lo sentí a los quince y dieciséis años. Después, las penurias, las necesidades y la monotonía me embargaron; viví con ellas a cuestas toda mi vida. Es tarde para cambiar. Además, no tengo deseo alguno de inquietarme por un amor que seguramente no me haría feliz.

—Mira, Leila, te voy a hablar con franqueza, como si fueras mi hermana, pero sabiendo muy bien que no lo eres. Por el contrario, eres una mujer con la cual me siento muy sosegado, muy a mi manera, muy acoplado. Pero te quería decir que una mujer siempre es vulnerable a ciertas atracciones, aunque ella considere lo contrario. No es que se enamore o que deje de enamorarse. Pero la potencia sexual es a veces más fuerte incluso que el amor, y el hombre es como una llama. Cuando se lo propone, sabe manejar a una mujer para conseguir sus fines, por muy rígida, estricta y firme que sea ella en sus propias convicciones. Te digo esto porque, si existe un tipo persuasivo, ése es mister Wayne. Y si bien tú te consideras parapetada, si sales una noche con él, terminas en el lecho de un hotel, y aquí no ha sucedido nada.

—Para ti, que eres neutral —se enojó ella—, pero para mí, que prefiero vivir como vivo, no sería normal. Además, prefiero no hablar de eso.

Brian obedeció. Empezó a hablar de cualquier otra cosa. Y como siempre que estaban juntos, la conversación era fluida y distendida, aunque se dijeran pocas cosas interesantes.

—Ahora —dijo Brian, ayudándole a ponerse un precioso abrigo oscuro de piel— nos iremos a bailar.

—Pero, Brian… ¿tú sabes lo cansada que estoy? Se gana dinero como relaciones públicas, y no se tienen tantas reponsabilidades, como en el caso de la señora Hamilton, puesto que yo no soy la jefa de la oficina, pero una termina rendida.

—Eso quiere decir que a mi lado te cansas.

—Brian, ¿por qué me dices eso si sabes que con la única persona que estoy a gusto es contigo?

Brian quedó algo cortado. ¿Por qué no, al fin y al cabo? Era una preciosidad de mujer, él estaba muy solo y ella también. ¿Y si le pidiera que se casara con él? ¿Por qué no? Sería grato tener por compañera a una mujer como Leila. Incluso el solo pensamiento de acostarse con ella… le estremecía sexualmente.

Pero no.

Rápidamente dijo:

—Descansarás mañana. Es domingo… ¿O ya te has olvidado? Es más —se sentaron en el coche, uno por cada lado—, ¿qué te parece si nos fuéramos en el coche por ahí? Comer fuera, visitar lugares preciosos y hasta dar un paseo por las calles asidos del brazo como dos jovenzuelos.

—Brian, que ya sabes…

—Sé, y de momento sólo te pido que vayamos a bailar. ¿Por qué no? Es sábado, y ninguno de los dos tiene que levantarse temprano. Andrea estará estudiando y se acostará. No me digas que te vigila o que te tasa las entradas o las salidas.

—Andrea no se mete en nada. Está feliz, eso sí. Feliz de verme diferente. Feliz de que no me pase el día sentada a la máquina, feliz de que yo sea feliz. Vamos, ya que te pones, vamos.

Y fueron. El local era alegre, muy vistoso y de una elegancia depurada. Allí se reunían las noches de asueto la flor y nata de la ciudad. Para Leila era una novedad tremenda, pero no desagradable. ¿Cuándo había vivido ella una noche así? Jamás. Observaba que Brian saludaba con la cabeza a unos y a otros. Sin embargo, la miraban a ella.

Se lo dijo a Brian cuando fueron a bailar.

—Te saludan a ti, pero me miran a mí. ¿Por qué, Brian?

—Muy sencillo. Hay varias razones. Primero, porque estás guapísima con ese modelo verde oscuro que favorece tu clásica belleza. Segundo, porque yo no suelo salir con mujeres, y mucho menos vengo a bailar. Todo lo más que hago es sentarme ante una mesa, pedir una bebida y después contemplar lo que sucede en torno. Pero, si te digo la verdad, casi nunca veo nada. Cuando me canso, me levanto y me largo. Ésa es la razón por lo cual se asombran tanto de verme por primera vez con una mujer.

—¿Y no venías con la tuya?

—Bueno, de eso hace siglos. Y entonces apenas si la gente me conocía. No era alto ejecutivo de la empresa Mortall. Era un empleado más. Tampoco el dinero me alcanzaba para venir a este tipo de salas. En fin… ¿nos concentramos en el baile? Porque, si bien nos enlazamos, aún no dimos un paso…

—De acuerdo.

Y bailaron muy juntos, muy… raros, pensaban ambos de cada cual y del otro en particular. Se rozaban sus cuerpos y les complacía sentirse así, juntos y experimentando una inesperada satisfacción. Brian le rodeaba la cintura con un brazo, y con el otro la espalda. De vez en cuando movía los dedos y los perdía en la nuca femenina. La sentía temblar a veces, y él mismo se excitaba. Por eso la separó de súbito y dijo con su delicadeza habitual:

—Volvamos a la mesa, ¿quieres? Me parece que, teniéndote tan cerca, me olvido un poco de que somos muy amigos.

Ella sólo sonrió.

9

Salir juntos se hizo habitual. Viajar en coche por los pueblos cercanos a Baltimore y almorzar en cualquier parador, ir al cine o al teatro y comer juntos casi todos los días en los comedores de la empresa. Es más, todos los que conocían la austeridad de Brian y la invulnerabilidad de Leila, que fácilmente se dio a conocer como mujer inasequible para un plan, les consideraban una pareja enamorada. Todos, menos ellos.

Incluso Andrea solía decirle a su madre:

—Desde que te has destapado, mamá, pareces una jovencita. Y con tu madurez resultas muy inquietante.

—Déjate de tonterías y estudia, Andrea. El trabajo y el estudio también te han tranquilizado a ti. Eso es lo esencial. Yo, junto a Brian, me siento muy yo, muy segura, muy protegida. Brian es encantador.

—¿Y no te has enamorado de él? —reía Andrea, guasona.

En tales momentos, Leila se ponía muy seria.

—Mira, Andrea, métete en la cabeza que yo estoy parapetada contra el amor. No soy mujer débil, y no lo voy a querer en la vida. No me complico la vida hasta ese extremo. Brian piensa como yo, estoy segura. Por tanto... somos dos amigos que se sienten estupendamente juntos, pero entre nosotros la palabra amor no se pronunció jamás.

—Pues es verdad que sois ambos muy sosos. ¿Y sabes lo que te digo, mamá? Y perdona mi atrevimiento. No hace falta estar enamorada para... para disfrutar, vaya.

—Andrea... ¿es que tú...?

—¡Oh, no! —se enfurecía Andrea—. Yo no me ligo con facilidad, porque tengo por delante estudios y trabajo. Viajes fuera de Estados Unidos. Pero tú eres una persona madura y dueña de ti misma, aunque viviste el amor o la... sexualidad de una forma pasiva. ¿Por qué frenarse cuando eres libre y te acompaña un hombre formidable como es Brian, que si bien quedó harto de su ex-mujer, no por eso ha de estar harto de las demás?

—Andrea, métete en tus cosas y deja las mías correr.

Pero tal se diría que Andrea habló como si predijera una premonición. Esa noche Brian le dijo de buenas a primeras:

—Oye ¿por qué no nos casamos?

Se hallaban en un lujoso restaurante. Leila elevó vivamente la cabeza.

—Brian, estás loco...

—¿Y por qué? Nos llevamos bien, nos gustamos, eso es evidente, nos entretenemos juntos. Bailando nos... eso. ¿Por qué renunciar a una parte que guarda la vida y que está hecha para personas adultas y conscientes?

—No me caso, Brian. Tú tampoco. Los dos tenemos eso claro.

—Como gustes —por encima de la mesa le asió una mano y la encerró entre sus dedos—. No nos casemos, pero vivamos. No me digas que has jurado serle fiel a Don hasta la muerte, porque sería totalmente ridículo. ¿Qué has vivido? Nada. Don fue muy bueno, pero sólo eso. No te produjo emociones. Ignoras lo que es una noche de pasión... Unos besos fuertes, gozosos. No te pongas nerviosa. Te estoy hablando como siempre te hablé... Sinceramente. ¿A qué fin castigarnos? Tú no conoces la vida. Yo nunca la tuve tranquila. ¿Por qué hemos de renunciar ahora a algo que nos interesa?

—Yo nunca dije que me interesase, Brian.

—De acuerdo. ¿Y es que lo sabes? No, porque en ese aspecto no me conoces. Y yo a ti, en el mismo, tampoco. No intento contigo una encerrona. ¿Que en ese aspecto no nos entendemos? Lo dejamos y seguimos como estamos. Yo no estoy preparado para amar apasionadamente. Eso es cierto, pero sí para vivir la pasión. ¿Por qué no? Tú tampoco estás enamorada. Pero el amor empieza precisamente por la amistad, y en la amistad se afianza. No concibo una unión sexual sin amistad ni concibo una amistad sin sexualidad… Yo no te estoy pidiendo que sea mañana, pasado, esta noche. No. Piénsalo.

—Pero, Brian, jamás se me pasó por la mente…

—Eso no es cierto. No lo sabemos, pero en el subconsciente tenemos que yo te espero a tal hora y tú que estás esperando a que llegue. ¿No es así? Eso no es sólo amistad, por mucho que los dos intentemos disfrazarlo. Es bastante más. Pero, tranquila. No crispes los dedos en los míos ni te alteres. Si no estás de acuerdo, en paz, y a otra cosa.

—Es que tú hablas de una relación sexual con una frialdad y un razonamiento que parece es todo superficial.

—Y no digo que no lo sea. Todo empieza así. Se conocen dos personas de distinto sexo, se hacen amigos, están juntos estupendamente, conversan y disfrutan de cosas banales. Y un día se dicen: ¿y por qué no más? ¿Quién no nos asegura que el trato íntimo no estrechará más esa unión? Y prueban...

—Y se defraudan...

—O todo lo contrario. Yo soy un tipo apasionado en el fondo, aunque aparentemente dé la impresión de ser hombre flemático y frío. No quiero serlo, ni me acepto como tal. Quedé harto de mujeres. De acuerdo. Pero tú no eres una mujer más. Eres una mujer con la cual me realizo anímica y espiritualmente. ¿Por qué no físicamente?

—Brian, yo soy una sosa.

—¿Y tú, qué sabes? Que me perdone tu marido, pero, dime, ¿te dio Don la oportunidad de ser como tú hubieras querido y deseado? No. Y no me mires de ese modo censor. No te dio más oportunidad que parir, criar a tu hija, hacer las camas y la comida. Todo eso lo hace cualquiera. Lo que no hace cualquiera es desempeñar cargos más importantes, ni la dicha de ser únicamente mujer junto a un hombre que te maneje y que saque de ti todo lo que llevas oculto. Has sido una marioneta, Leila, y perdona mi siempre impertinente franqueza. Yo fui manipulado por mi ex-mujer. Afortunadamente encontró un payaso y se fue con él. Y no me di cuenta de que era verdaderamente feliz hasta que no me vi solo y me abracé como loco a la soledad. Y ahí estaba cuando a tu hija se le ocurrió... —frenó en seco, porque iba a decir la verdad. Por eso rápidamente añadió— liarse a golpes con unos gamberros.

—Está bien, Brian. Ya hablaremos de eso en otro momento.

Y Brian, dócil, dejó de decir cosas íntimas que podían vivir ambos y se puso a hablar de cosas intrascendentes.

Pero cuando a la una de la madrugada la dejaba ante el portal, la miró muy cerca.

—¿Sabes, Leila? Te voy a besar. Después me das una bofetada, y así los dos muy sosegados, nos vamos cada cual a su casa.

—No seas loco, Brian.

Brian no dijo nada más. La había asido por la cintura, introduciendo los brazos bajo el abrigo de ella y apretó aquel cuerpo contra el suyo. Por unos segundos estuvo así, sintiendo que Leila se estremecía, aunque no se separaba. Después la dobló un poco y le buscó la boca con la suya. La boca de Brian era firme, de labios húmedos y rojos, y su dentadura, perfectísima. La boca de Leila era una tentación constante, aunque Brian jamás pensara en ello hasta aquel instante. De modo que la empezó a besar cauteloso.

Despacio, con sumo cuidado. Sentía que Leila se pegaba a él instintiva y que sus cuerpos, juntos, ardían. Los labios se perdían más y más los unos en los otros, y el beso, que parecía un aleteo, terminó por ser algo apasionante e inacabable.

No la separó ni un milímetro. La sentía blanda en su cuerpo, entregada, diferente... Ardiente al máximo. Primero no besaba, pero después... era como una necesidad física insoportable. Tanto es así que Brian la separó un poco y dijo roncamente:

—Vamos.

—Brian...

—Te digo que vamos.

—Es que...

—Si ya lo sé. Pero los dos lo necesitamos. ¿Por una hora? No lo sé, ni me importa, ni me lo voy a preguntar. ¿Que no nos casamos? Pues no nos casamos. Pero al menos esta noche no nos vamos a quedar los dos así. Estamos inaguantables. Tú sabes a qué me refiero.

La llevó hacia el coche.

—Que Andrea me estará esperando...

Brian puso el vehículo en marcha, y a la vez dijo con un leve acento de intimidad:

—No seas mentirosa. Andrea nunca te espera. Eres una madre muy adulta, y ella una hija también adulta, que sabe perfectamente que una amistad anímica nunca es aconsejable entre una mujer y un hombre, porque llega el momento en que… en que… Pues en que eso. Además —ya paraba el coche ante un lujoso hotel del centro—, ni tú ni yo hemos vuelto a vivir el amor.

—¿Amor, Brian?

—Lo que sea. Me has entendido perfectamente. Tú enterraste a Don y pareces haber dicho antes de tapar su fosa: «Hasta la muerte, Don». Y yo, el día que se fue la loca de mi ex-mujer, tal se diría que me dije: «Ni otra más, Brian. Ni otra». Pero, si bien decía eso y pensaba eso, estaba pensando y diciendo de una mujer como mi ex, pero nunca como tú. Don no resucitará. Y yo no quiero conocer cada semana una mujer diferente —y llevándola del brazo atravesó el enorme vestíbulo del hotel diciendo en voz baja—: Será aquí. Y si mañana nos damos cuenta de la equivocación, seguiremos siendo tan amigos.

—Brian, yo ya podría volver a casa.

—Claro. Porque dejé de besarte y de tocarte —se acercó a recepción y pidió una suite. Se la dieron, firmó y se fue con Leila, sin soltarla, hacia un ascensor. Era tarde. Afortunadamente había poca gente. En el ascensor automático, nadie. Brian miró la llave con el cartelito y vio que tenía la planta sexta. Mejor.

Por eso volvió a meter los brazos bajo el abrigo femenino y la apretó contra sí.

—¿Te das cuenta? —dijo quedamente—. ¿Te la das? Te toco, y saltas…

Leila no podía evitarlo. Se apretaba instintivamente más y más, como si de súbito estuviera loca o pretendiera meterse en el cuerpo de Brian.

Brian la besaba y la fundía contra sí. Y, de no detenerse el ascensor… pues nadie podría decir lo que habría sucedido allí.

La llevó asida por los hombros hacia la puerta y la abrió, empujándola y perdiéndose dentro con ella…

Le quitó el abrigo y se quitó el suyo. Después la volvió a tomar en sus brazos.

Leila no era Leila, era un ser femenino, para él desconocido. Un ser inefable, vulnerable, que respondía apasionadamente a sus caricias y besos.

Fue después, mucho después, cuando Leila le miraba desconcertada.

—¿Y te dejó marchar tu mujer?

—Se fue ella —rió Brian con su flema, como si no acabara de descubrir una parte divina del cielo—. Y, gracias a haberse ido, estoy ahora contigo. Jamás se me hubiera ocurrido que podía encontrar una mujer como tú. ¿Y qué me dices del difunto?

—Brian… no seas irreverente.

—Ven acá, Leila… No pienso moverme de aquí hasta la hora de irme al trabajo.

—¿Y Andrea?

—Pues estará trabajando cuando nosotros lleguemos.

—Brian, yo…

—No me digas nada de ti, ¿quieres? No es preciso. Te conozco ya tanto que… Dime. Pero, dime, Leila, ¿qué tal lo ocurrido? No te pongas colorada. Lo nuestro es una revelación muy gratificante, muy satisfactoria. Si quieres no hablo de ello, pero te tengo tan cerca que puedes ocultar tu cara en mi pecho y decirme… si alguna vez tu llorado marido… te hizo vibrar así… No, ya sé que no. Has sido siempre de lo más discreto. Yo salía contigo y pensaba que debajo de tu austeridad e invulnerabilidad había un ser humano formidable, sensible al máximo, excitante al máximo, preciosa al máximo y mujer apasionada al máximo.

—Brian, me gustaría que esto se quedara así.

—¿Cómo?

Y la separó para mirarla.

—¿Quieres decir que una vez, una noche y punto? Estás loca, Leila. No nos casamos, si gustas. Y cada cual en su casa, pero no me pidas que me olvide de esta noche, porque es imposible. Ha sido la noche más hermosa de mi vida. La más… vehemente que he vivido. Ni siquiera cuando hice a Burt, porque entonces, como tú cuando concebiste a Andrea, no éramos adultos: todo se hacía de modo mecánico. Somos dos seres humanos. Y te repito que no pienso moverme de aquí ni ahora ni hasta el momento de irme al trabajo. De modo que deja ya de temblar, que son las cinco de la madrugada. Vamos a resarcirnos del tiempo perdido.

10

No pudo remediarlo. Y es que, a ella, todo lo ocurrido súbitamente en aquella noche le provocaba púrpura en las mejillas al verse ante su hija. Incluso pasó incómoda todo el día. Sentía la necesidad de comunicarse con Andrea. Al fin y al cabo, su hija tenía diecisiete años, cultura y mundo suficiente para comprender ciertas situaciones irremediables. Por otra parte, ella y Andrea siempre se comunicaron perfectamente. Más aún al fallecer su esposo. Andrea fue, y seguía siendo para ella, más que hija; amiga, o las dos cosas a la vez, que era la perfección entre madre e hija. No obstante, sentía vergüenza. Afortunadamente, por la razón que fuera, Brian no pasó por los comedores a almorzar, pero eso no le extrañó en absoluto, ya que era habitual que sus compromisos profesionales le llevaran a almorzar fuera con algún cliente o con el mismo presidente de la empresa. Fuera como fuera, se sintió mejor al verse sola. El hecho de haber llegado juntos al trabajo tampoco asombró a nadie, pues solía ocurrir, pero lo que había sucedido la noche pasada era la primera vez.

Y eso sí la mantenía en vilo, inquieta, desasosegada y avergonzada. Pero… en el fondo, feliz de que hubiese sucedido, pues había sido la primera vez en su vida en que disfrutó de algo que jamás fue para ella una necesidad. Y lo peor es que temía que en adelante lo fuese.

Trabajó todo el día, como si, en vez de caminar, volara. Experimentaba la sensación de que cuando la miraban sabían perfectamente dónde había estado, con quién y lo que había hecho. Ya sabía que eso no era posible, pero cuando se tiene la sensación de lo contrario, de poco o nada sirve intentar dominar o paralizar el cerebro.

Fue un día de prueba para ella. Dio gracias al cielo, si es que el cielo podía escucharla, de no ver a Brian en todas aquellas horas. Así que retornó a casa en el bus que para tal fin rodaba del centro de la ciudad a las afueras e iba dejando a los empleados en sus respectivos portales.

Ella llegó sofocada. Como si fuera talmente una pecadora, aunque ya sabía que era lo suficientemente adulta como para hacer de su cuerpo lo que le diera la gana. Pero tampoco era eso. Si existiera hábito en ella, la cosa sería distinta. Era la primera vez que un segundo hombre la tocaba. Y lo peor de todo, o quizá lo mejor, es que Brian, el segundo hombre, había sabido tocarla y hacer vibrar las cuerdas muertas de sus instintos como si fuera la primera vez. Pero una primera vez con una absoluta veteranía…

Cuando ella llegó, Andrea ya había regresado de la universidad. Cursaba el primero de Sociología. Acudía, además, a dos academias de idiomas, francés y alemán, y pensaba que con el tiempo acudiría a una española, porque deseaba dominar varios idiomas para perfeccionarse más y más en su profesión, pues la nula ambición de su padre muerto despertaba, contradictoriamente a lo supuesto, muy en abundancia la suya.

Era una chica responsable, y en el fondo se parecía mucho a su madre, debido quizá la unión entre ambas, o por ser mujeres, o por ser hija de su madre. El caso es que, al verla llegar, ella disponía su mochila con los libros para correr a la academia. Sonrió abiertamente a Leila.

Leila pensó: «¿Qué dirá de mí? Porque pensar que no me haya echado de menos ayer noche es absurdo».

—Hola, mamá —dijo Andrea, como si la viera dos minutos antes—, tengo que irme. Acabo de llegar de la universidad. Te digo que me encantan las materias. Espero que en cinco años sea licenciada en Sociología y que de paso domine tres o cuatro idiomas. Porque te diré una cosa —hablaba mucho como si entendiera a su madre y prefiriera aturdiría a que Leila le explicara su ausencia de aquella noche pasada—. Cuando se domina un idioma diferente al tuyo, dos o tres entran con una facilidad importante. Deseo llegar a ser jefa de relaciones públicas cuando se retire la señora Hamilton.

Leila hubo de sonreír forzada y decir lo que le cabía decir en aquel momento:

—En todo caso seré yo la jefa, porque me corresponde por escalafón.

—No es así, mamá, y lo siento. Tú no dominas idiomas y no hiciste estudios superiores. Entre tanto, yo tendré una carrera superior, y encima dominaré cuatro idiomas, si no se me ocurre ir a por el quinto. Bueno, pero falta mucho tiempo para eso. Ahora me largo, me llevo el bocadillo.

Y lanzándole un beso con la punta de los dedos, se fue, sujetando la mochila en los hombros.

Leila quedó como desmadejada, pero en el fondo tranquila. Y su vergüenza se fue disipando. No podía admitir que Andrea fuese ignorante, que era bien todo lo contrario, o que no se percatara de que no había dormido en casa.

Eso, imposible. Por tanto, tenía que agradecerle su discreción.

En esas cábalas estaba cuando sonó el teléfono.

Lo asió automáticamente, con ademán un tanto perezoso.

—Diga.

—Hola, Leila.

Era Brian. ¿Si sería tonta? Se le colorearon las mejillas, y hasta sintió un sofoco tremendo en la cara.

—Hola...

—Me pasé el día con unos alemanes de lo más fastidiosos. No pisé ni el despacho más que cuando entré en él. Y tenía una nota advirtiéndome que me esperaban en el club de campo para una entrevista con clientes, seguida de comida y acompañamiento al aeropuerto. Ésa es la razón de que no te acompañara en el almuerzo. Oye, ¿qué estás haciendo? Intenté llegar antes de que tú te marchases, pero me fue imposible. ¿Nos vemos?

No. Tenía que reflexionar.

—Otro día, Brian. ¿Te parece?

—Claro, claro. Ya almorzaremos mañana juntos. Buenas noches, Leila.

Y colgaron ambos a la vez.

Leila pensó en la discreción de Brian. Era de esperar en un caballero como él. Ni una palabra ni una alusión a lo ocurrido. Se sentía mejor, y poco a poco se fue distendiendo.

* * *

No lo vio a la entrada, ni en toda la mañana, lo cual le dio un respiro. Pensaba, además, que si Brian era como ella suponía, no evocaría aquella relación íntima que tuvieron.

Ella lo prefería así. No sabía si ocurriría de nuevo, pero sí que sabía lo mucho que prefería que Brian no lo mencionase.

Brian no lo mencionó. Es decir, apareció a la hora del almuerzo, la saludó como todos los días, la miró de la misma manera afectuosa, la asió del codo y caminaron juntos hacia los ascensores que conducían a los comedores. Y cuando retiró la silla para que ella se sentara, dijo únicamente:

—¿El menú de siempre o pido que lo cambien, Leila?

—Es un menú casi vegetariano, y me agrada. No lo cambies.

—De acuerdo.

Y se sentó él.

Empezó a hablar de los clientes, y de algunos especiales que no pasaban por relaciones públicas por ser demasiado directos o importantes. Se lió a describirlos, e incluso a imitarlos en sus exigencias.

Pero ni su mirada ni su voz hicieron a Leila enrojecer en un solo instante. Es decir, que Brian, además de ser un amador impresionante, un compañero magnífico y un amigo entrañable, era todo un caballero.

Comieron bien. Al despedirse él le dijo:

—¿Te espero a la salida? Te invito a cenar en mi casa.

—¿A tu casa?

—No la conoces aún. Ni siquiera sabes dónde vivo.

—Pues es cierto. Pero...

—Oye, si te parece, te traes invitada a tu hija. A Andrea le gustará el palacete, el jardín y la piscina.

No. Introducir a su hija en aquel entramado que era su vida sexual, nunca. Ella no tenía nada claro para el futuro, y sabía que Brian la imitaba. Una relación física y anímica, sin duda. Pero, un futuro en común, casados no se veía, y aunque se viese Brian, lo importante en aquella cuestión era ella misma, y él seguro que no lo ignoraba.

—Otro día, Brian.

—¿No te apetece conocer mi casa? Una casa dice mucho de la persona que la posee. Es como una segunda personalidad. Tengo una sirvienta que lleva a mi lado desde que Burt tenía cinco años. ¡Imagínate! Manda ella más que yo, pero se le nota.

Se llama Lucía, y es de origen portugués. Debe tener unos sesenta años, pero muy bien llevados. Es vital, ágil, y tuvo el acierto de no inmiscuirse jamás en nuestra vida privada. Es decir, que pasó por gritos y furias sin enterarse. Al menos, yo no lo noté.

—Te aseguro que otro día cualquiera me gustará ir. Pero hoy prefiero irme a casa.

—Te espero para llevarte en mi coche.

—Pues…

—Leila, nadie ignora en la empresa, o al menos los que nos ven, que somos buenos amigos.

Le agradeció infinitamente que no dijera «amantes».

—Espérame a la salida —terminó diciendo.

Y allí estaba Brian sentado al volante de su lujoso coche, de jefe. Ella entró sin darle tiempo a él a descender.

—Demos un paseo. El invierno se está alejando. Los días son algo más largos, pero sólo una hora, si bien se nota.

Sabía que era absurda hablando de cosas que no venían al caso, ni eran interesantes, ni merecía la pena mencionarlas, porque todas estaban allí y las veía cualquiera. Pero todo menos que Brian evocara aquella noche, y mucho menos hacerlo ella.

Prefería que aquello se olvidase o, más bien, que pareciera haber sido olvidado, porque olvidarlo de verdad era imposible en Brian y en ella.

Pero él aceptó el juego. Tenía mucho mundo, creía conocer bien a Leila y sabía que lo estaba pasando mal. Pero, de cualquier forma que fuera, era deliciosa.

—Supongo —dijo Brian, cálido y a la vez cauteloso— que este verano te irás de vacaciones con Andrea.

—No. Con Andrea no puedo contar porque lo pasará entre Francia y Alemania. Está empeñada en llegar a dominar cuatro idiomas. No creo que yo pueda pararla. Además, no voy a desear hacerlo. Cuanto más sepa, más segura se sentirá en la lucha por la vida y el poder. Es ambiciosa. Muy ambiciosa. Y no seré yo quien coarte sus ambiciones.

Brian conducía con serenidad. Era un tipo de flema. Y si bien las ansiedades le roían haciéndole cosquillas en la sangre, sabía comportarse a la altura de las circunstancias. Y conociendo a Leila, sabía por demás que ella deseaba que se comportara así, como si nada hubiera ocurrido.

Pero también sabía, y eso que no se lo discutiera nadie, que había sido la primera vez, pero en modo alguno la última.

—Además —Brian, acallando sus pensamientos— es una preciosidad de jovencita. Me imagino que serías tú así a su edad.

—Tengo fotografías que así lo demuestran. Mi pelo, mis ojos, mi altura. Es esbelta y delgada y preciosamente joven. Una chica buena.

Brian pensó en aquella noche en que se topó con Andrea. ¿Qué diría su madre si supiera que su hija, por amor filial, iba a prostituirse? No lo sabría jamás. Él, al menos, no se lo diría.

—Una chica buena que me gustaría invitar a cenar con nosotros una noche. ¿Qué te parece?

—Muy bien. Andrea irá encantada. Te advierto que vive muy feliz. Su trabajo, la universidad, sus estudios, sus idiomas. Y todo el dinero que gana, o bien lo ahorra o se compra ropa. Es muy diferente de cuando nos conociste, porque ahora se viste a tono con su edad y sus gustos. Un poco raros quizá, pero la juventud de hoy es así, y hace bien en ser como le apetece.

—Te estás convirtiendo en una moderna, Leila —reía Brian, divertido—. Eso es estupendo. ¿Tomamos algo? ¿Dejo aquí el coche?

—No, no. Prefiero volver, si no te importa. Tengo muchas cosas abandonadas en casa. Necesito poner un poco de orden.

—Pues a casa.

Y rodó hacia aquel bloque apiñado de casas humildes. Pero no le preguntó si pensaba cambiarse, ni si lo había decidido, ni si quería repetir la experiencia de la noche anterior.

Detuvo el coche ante el portal cuando ya era noche cerrada. Se volvió para mirarla.

—No me invitas a una copa —dijo, sin preguntar.

—No —sonrió ella, mirándole cariñosa—. No…

—De acuerdo. Pero quedas emplazada para mañana sábado a cenar en mi casa.

—Pues…

—Me lo dirás mañana.

Y de repente se inclinó un poco y le asió el mentón con los cinco dedos. La miró a los ojos y la besó ligeramente.

Ligeramente, porque ella, nerviosa, puso una mano entre el pecho de los dos.

—No, Brian… no…

—Sabes que si sigo…

—Sí, lo sé —le atajó—. Por eso mismo…

—Hasta mañana, sensitiva…

Fue la única alusión que hizo sobre la intimidad de los dos.

11

No fue a su casa aquel sábado. No quiso ir. Buscó un compromiso. No soportaba una intimidad abocada a un futuro. Ni tampoco estaba dispuesta a dejarse manipular por un deseo. Deseaba a Brian. ¿Cómo negárselo a sí misma? Pero una cosa era un deseo que se satisfacía, y otra, muy diferente, aferrarse para toda la vida. Y ella era una mujer clásica, pero tenía miedo. Miedo de sí misma, de fallarle a Brian. De no ser para él como seguramente él esperaba. Habían tenido una experiencia positiva, pero, ¿indicaba eso que siempre fuese igual?

Brian no insistió. En cambio, dijo que lo dejaban para cualquier otro día. Pero, sí que el domingo, y sin tener más intimidad con Leila, la invitó a comer con su hija.

—Me encantaría estar los tres. Andrea me conoce, pero no mucho. Y me gustaría que poco a poco me fuera conociendo.

La cena estuvo muy animada. Después llevaron a Andrea a una sala de fiestas. No bailaron ninguno de los tres, pero sí que miraron y conversaron mucho. Lo que no sabían es que Burt andaba por allí, y que al ver a su padre entre aquellas dos preciosas mujeres, se preguntó cuál sería la amiguita de su papaíto Brian.

Porque, que Brian andaba liado eso era obvio. Y Burt pensaba que hacía muy bien, muy requetebién. Pero, dado como era su padre, no se lo imaginaba liado con la joven. Sí, en cambio, con la mayor, que, además, era una preciosidad de mujer. La otra ¡porras! era un encanto de criatura. Le dio en el codo a su amigo y le preguntó:

—¿La conoces?

Jim miró en todas direcciones.

—No seas bestia —le rezongó Burt, asiéndolo por un codo—. Es mi padre. Tú busca con los ojos a mi padre y verás qué te pregunto.

Jim detuvo la mirada en Brian Jones y chasqueó la lengua.

—¡Atiza! La joven es estudiante de Sociología. Va conmigo a clase de tarde. Empieza primero. Yo, segundo. Pero suelo verla en la cafetería.

—¿Y no sabes cómo se llama?

—Ni idea.

—De acuerdo. Ya lo averiguaré. ¿Dices que va por las tardes?

—Pero tu facultad no es la suya, Burt.

—Claro que no, pero yo ando por la vuestra a diario, y nunca la vi allí. Pero sí la vi en el polideportivo.

—Es que a la facultad va por la tarde, y tú vas por la mañana. Y yo, por el polideportivo, no voy.

—Pues cambiaré el horario. Y ahora nos largamos de aquí.

—Si estaba empezando a conquistar a una.

—Lo seguirás haciendo mañana. No quiero que mi padre me vea. Y no me mires así de guasón. Mi padre no se mete en mi vida, como yo no me meto en la suya. Vamos, prefiero pasar inadvertido.

Y se fueron. Por lo cual su padre no supo que había sido observado. Su hijo, en cuanto a mujeres, tenía más mundo que él. En la mirada paterna, Burt había observado que la mujer mayor, que era escandalosamente guapa, joven y elegante, era su objetivo. El de su padre, claro.

Por su parte, Brian aceptaba poner fin a la velada. Andrea dijo que tenía mucho que estudiar, y que si la llevaban a casa se lo agradecería.

—Pero, vosotros, seguid divirtiéndoos —les sonreía con ternura—. No os sacrifiquéis por mí.

—Andrea, si tú te vas, yo me voy contigo.

—¿Y qué hago yo? —se quejó Brian.

—Mamá, no tienes derecho a dejar a Brian solo. Llevadme a casa, y vosotros id a cualquier otro sitio. Es aún temprano, pero yo tengo deberes que preparar para mañana. Y por la mañana tengo pendiente el trabajo de la academia, aunque sea domingo.

—Eres una chica estupenda, Andrea —dijo Brian, conduciendo su coche y llevando a las dos mujeres—. Una chica formidable. Llegarás lejos —detuvo el coche ante el portal. Andrea descendió a toda prisa, aunque volvió a cerrar la portezuela—. Buenas noches, Andrea —añadió Brian—. Tu madre y yo daremos un paseo en coche.

—No tienes prisa, mamá.

Leila enrojeció, a su pesar. Andrea, de súbito, metió la cabeza por la ventanilla y los besó a los dos juntándoles las cabezas.

—Me siento feliz sabiendo que estás con Brian, mamá. Ya lo sabes.

Y salió corriendo.

Brian rompió a reír.

—Es una chica magnífica. Puedes estar orgullosa de ella.

—Me da vergüenza —dijo Leila sin poderlo remediar— Ella sabe... Sabe lo nuestro.

—¿Y qué? Un día ella también tendrá su asunto, su romance, su amor, su lo que sea, pero lo tendrá. Nadie escapa a su momento. Hoy unos, y mañana otros. Y siempre todos, como una cadena llena de eslabones que va corriendo sin detenerse, sin treguas ni pausas. Es ley de vida.

Y puse el coche en marcha.

No le preguntó adónde quería ir. Él lo sabía por los dos; no era preciso cambiar impresiones sobre el particular.

Puso el coche en dirección a las afueras, y por la periferia se perdió hasta detenerlo ante unos moteles que se alineaban en una explanada, no lejos del arcén de una larga autopista.

—Brian —musitó ella.

—Ya sé, Leila. Son cosas normales, ¿no? Mañana es domingo. Afortunadamente no tenemos que correr para llegar al trabajo — paró el coche y le dio la vuelta para abrir la otra portezuela. Leila descendió, preciosa, sensible al máximo y casi temblando.

Él no se detuvo ante la garita del guardián. En cambio le mostró un objeto a Leila cuando caminaban por la ancha acera.

—Mira.

—Lo tenías previsto —le reprochó ella.

—¿Y tú, no? Un día u otro…

—Brian, ¿hasta cuándo?

—Pues no lo sé. Hasta que tú digas. Lo que yo deseo, tú ya lo sabes, pero no pienso forzarte. Lo que no puedes evitarme y evitarte a ti misma es paralizar la existencia, el deseo, la necesidad y el afecto amistoso, o algo más, que nos une. Eso no lo quieres hacer, aunque te lo repitas a cada rato.

Abrió y empujó a Leila blandamente hacia el interior.

No la soltó, aunque cerró la puerta con la mano libre. Después apretó un botón de luz y se encendió una lámpara en una esquina. Era un lugar muy bien decorado, dulce, que invitaba a la intimidad. Salón, dormitorio, baño, televisión, películas, vídeos. Y todo sobre una moqueta de un tono tostado que invitaba al descanso y la distensión.

Le quitó el abrigo. Él se despojó del suyo, después de la americana y de la corbata y lo dejó todo en una butaca.

—Ahora tomaremos una copa de champán. ¿Te apetece, Leila?

Todo con naturalidad. Como si fueran veteranos, como si se hubiesen conocido en la intimidad mil y mil veces. Como si fueran marido y mujer y no les corriera ninguna prisa. A él sí le corría, aunque respetaba demasiado a Leila para atosigarla, humillarla, o avergonzarla. Por él, se casaría ya mismo, pero sabía que Leila no estaba preparada ni convencida. El tiempo diría después quién necesitaba más a quién y en qué quedaba todo. Y que nadie le pidiera que frenara sus ansiedades o las ahuyentara. Ya no podía. Ni con su propia mujer sintió él aquella necesidad. Era una necesidad silenciosa, cautelosa, pero firme y apremiante, aunque pareciera todo lo contrario.

¿Si era amor? No se lo había preguntado a sí mismo. En modo alguno. Las cosas ya sucederían como tuvieran que suceder y, ni más ni menos, tendrían que ser así. Como estaban siendo en aquel momento, en que bebían una copa y se miraban. Brian alzó una mano y la pasó por las facciones femeninas con sumo cuidado.

Después ya fue diferente. Leila, nada más tocarla, se despabiló, se convirtió en lo que era. Una mujer adulta. Una mujer completa. Una mujer que no ocultaba ya que deseaba estar allí, de aquella manera como realmente estaba.

Brian la apretó contra sí. Leila se oprimió instintivamente contra él. Cuando Brian le buscó la boca, ella alzó los brazos y le cruzó el cuello. Todo lo demás resulta fácilmente imaginable.

* * *

—Sí, sí, mamá. Lo comprendo —decía Andrea radiante, aunque sabía disimularlo—. Iré al polideportivo de la empresa. Los domingos lo abren para los empleados. Pienso tomar el bus dentro de cinco minutos. Ya estoy en chándal y playeras, y tengo todo el equipo de nadar y de jugar al tenis en la bolsa de deportes. Por mí no te preocupes.

—Pero…

—Mamá, ¿eres tonta? Disfruta de tu domingo. ¿Y qué? Si te has quedado a dormir fuera, pues bueno. Ya vi que no habías entrado en tu cuarto. Pero tú, tranquila. A mí no me come nadie. Ya te digo que me voy a hacer deporte, y nada mejor que el polideportivo de la empresa. Chao. Ya he regresado de la academia.

Y colgó, riendo. Su madre era feliz. Ya la conocía. Se imaginaba lo que estaría sufriendo por ella, por sí misma y por el pudor que todo aquello le causaba. Pero es que su madre era tonta, y no estaba habituada. No es que ella lo estuviese, pues no había tenido novio, ni siquiera un amigo sentimental. Pero sabía lo suyo. Una no hace y estudia para mantener los ojos cerrados y el cerebro paralizado. Además, estaba muy contenta de que su madre fuera feliz, que ya era hora. Y ella adoraba a Brian. Lo adoraba porque era una caballero, un hombre bueno, honesto y cabal, digno de la decencia de su madre. Y porque gracias a él y a todo el entramado que sucedió, podía sentirse libre, sin ataduras, ganarse la vida decentemente y no pudrirse en un prostíbulo, como fuera su intención aquella noche en que su destino dio un vuelco de mil grados.

Esperaba que Brian jamás le dijera a su madre… ¡Jamás! En la primera ocasión que tuviera se lo pediría, no fuese a suceder que, por descuido o por lo que fuese, recibiera su madre aquel descomunal disgusto.

No ocurrió nada, desde luego, pero, de no ser Brian, hubiera ocurrido. Y como Brian decía: «Una vez deslizado por la pendiente, nadie es capaz de detener un cuerpo en tan fangosa rampa».

Llegó al polideportivo vestida con un chándal color rosa, con una franja blanca a los lados del pantalón y en las mangas de la chaqueta, playeras haciendo juego y la bolsa de deporte en la mano. No tenía amigos como para jugar una partida de tenis, pero siempre encontraba algún conocido. Y solía entretenerse. No gustaba de amores ni de romances. Le quedaba mucho tiempo por delante. Pero sí había una cosa, que el día que se casara, si lo hacía, tendría que ser locamente enamorada de su pareja y a ser posible para toda la vida.

—¿Jugamos una partida? —preguntó alguien tras ella.

Andrea giró la cabeza con rapidez.

—No te conozco —dijo ella frunciendo el ceño.

Burt sonrió. Vestía chándal y playeras, y también portaba una bolsa de deportes. La verdad es que esperaba toparla allí. Y lo esperaba porque en aquel polideportivo sólo tenían acceso empleados de la empresa Mortall o hijos de empleados. No sabía, pues, que la chica, además de ser hija de la amiga de su papá, era empleada de la empresa. Pero suponía que sería hija de algún empleado. Lo raro era que estuviera con su padre y con aquella dama en la sala de fiestas.

—Por eso no hay inconveniente —dijo él divertido—. Me llamo…

Y se quedó un minuto en silencio pensando qué nombre ponerse, pues dado que la había visto con su padre, prefería que no lo relacionara. Decidió el nombre de su difunto abuelo y el apellido de su madre.

—La situación —sonrió simpáticamente— se arregla en seguida. Me llamo Mick Kaish. ¿Y tú?

—Pues…

—Mujer, no me digas que no me lo quieres decir. ¿A qué fin? Por lo que veo, ambos somos hijos de empleados de la empresa; de lo contrario, no estaríamos aquí.

Andrea levantó arrogante la cabeza, como era habitual en ella, y dijo orgullosa:

—Yo soy empleada.

—¿De verdad? Nunca te vi. O sí, creo que sí…

—Yo a ti, sí —dijo sinceramente—. Pero como nunca me has dicho nada.

—¡Vaya despiste el mío! Yo también te conozco de la universidad —mintió—. Voy muchas tardes, y tú sueles andar o bien por las aulas o por la cafetería de Sociología.

—¡Vaya! De modo que yo te conozco de aquí y tú me conoces a mí de la universidad. Es gracioso, ¿no te parece?

—Sí, sí que lo es.

—Te pareces mucho a alguien que conozco, pero no recuerdo a quién.

—¡Bah! Los parecidos son casualidades. Unas personas se parecen a otras, sin que se tenga parentesco alguno. ¿Vamos? ¿Me aceptas como contrincante de tenis?

—Desde luego.

Y se fueron juntos. El partido fue reñido, porque los dos eran entendidos en la materia, y orgullosos y con amor propio desmedido. Pero ganó Andrea.

—¡Hurra! Ya que has ganado, invítame a comer aquí. El comedor del polideportivo pone comida especial los domingos y siempre es estupenda.

—¿Y por qué tengo que pagar yo?

—Porque ganaste.

—Tendría que ser todo lo contrario, porque siempre paga el que pierde, pero de todos modos acepto que paguemos a medias. ¿Trabajas?

—No, estudio. Termino este año, y el próximo ya estaré en la empresa. Supongo que nos haremos amigos.

—Esperemos…

La conversación entre ambos fue fluida y distendida. Andrea era inteligente y culta. Tenía muchas inquietudes y no dudaba en manifestarlas. Burt, por su parte, no tenía un pelo de tonto. Los dos estaban llenos de inquietudes. Al final de la comida estaban ambos seguros de que tenían muchas afinidades y de que les gustaban las mismas cosas.

—Yo estudio idiomas, además de la carrera y el trabajo.

—¿Y cómo puedes hacer todo eso? Porque yo también estudio idiomas. Sé francés y español, y ahora ando liado con el alemán.

—¡Formidable! Pues hablaremos en esos idiomas, y así practicamos. Yo no pillé aún el acento francés. Es dulce, y no tan gutural como el nuestro y bastante menos que el alemán. Pero el español no lo sé.

—Si quieres, te lo enseño. Y este verano, si te apetece, elige las vacaciones en España. Hay sitios preciosos. Una isla, la de Ibiza, es de locura, y en la Costa del Sol, en Marbella, es de frenesí.

Así se hicieron amigos. Pero Burt deseaba saber qué parentesco tenía con aquella hermosa mujer que acompañaba a su padre, y como aún no estaba dispuesto a decir de quién era hijo andaba buscando el modo de enterarse.

—Te llevo en mi coche —se ofreció—. Es un deportivo que me regaló mi padre el año pasado.

—Por lo visto eres rico.

—No creas. Además, eso me importa un rábano. Lo que tenga lo ganaré un día yo, como lo que tiene mi padre lo ganó él. Las cosas como son.

—Yo vivo en un bloque de viviendas que ha construido la empresa para sus empleados.

—¿Dónde queda?

—Subo a tu coche y te lo diré.

Cuando llegaron, Burt se percató de que aquel bloque no era de empleados, sino de obreros.

Pero no dijo nada.

Aunque se quedó sentado en el coche, lejos del portal, y temiendo que su padre apareciese por allí en cualquier momento. Aún no sabía por qué Andrea estaba con su padre y aquella dama, aunque, bien mirado, ambas se parecían mucho. ¿Hermanas? Pues, seguro.

12

¿Vives sola? —preguntó él, saltando del coche y acompañándola.

—No, con mi madre. ¿Y tú?

—Con mi padre.

—¿No tienes madre?

—No la recuerdo —mintió—. ¿Y tú, no tienes padre?

—Falleció hace más de dos años. Mamá trabaja en la empresa como relaciones públicas. Yo, en el departamento de correspondencia extranjera. Entré de otra cosa. Pero me ascendieron en seguida al saber que dominaba idiomas. Oye, a propósito, tú te pareces a alguien. Y no hago más que pensar a quién. Pero ya daré con ello.

—¿Y cómo se llama tu madre, Andrea?

—Leila. Y es joven. No llega a los treinta y cuatro. Muy guapa, además…

—Y tendrá novio, seguro.

Andrea se puso muy seria.

—Tiene todo el derecho del mundo, ¿no? Pero no sé si lo tiene. Sé únicamente que suele salir con una persona que yo admiro mucho. ¡Qué más quisiera yo que fueran novios y se casaran! —dijo ella, pensativa—. Pero no estoy segura de que lo hagan —y aquí contó bastante de la vida de su madre, de su padre y de la de Brian, cuyo nombre no ocultó—. No es porque sea un alto jefe, ¿sabes? De eso, nada. Es encantador. Y si mamá está colada en relaciones públicas es por él, y si lo estoy yo también…

—¿Y cómo lo conociste?

—Eso no te lo voy a decir, pero es una persona a quien yo respeto más incluso que respeté un día a mi padre. Tanto como respeto a mamá, ya ves. Ha sido el caballero más gentil que he conocido. Nunca pidió nada, y nos ayudó muchísimo. Bueno, te puedo decir cómo lo conocí —y lanzó la mentira que un día ella y Brian habían dicho a su madre—. Así que él me defendió y no se conformó con dejarme en el portal. Quiso subir. Nosotras las estábamos pasando moradas. Mamá cosía mis cosas y pasábamos muchas necesidades. Él nos ayudó mucho —contó cómo llegó a su casa la primera vez, cargado de paquetes—. Yo pensé que iba en plan conquistador, cauteloso y para convencerme a mí. ¡Ya! Iba por mamá. Pese a eso, eran amigos, y lo siguen siendo. Si hay algo más, no lo sé. Yo le adoro.

Burt tosía, atragantado. En el fondo, todo aquello que decía Andrea de su padre lo emocionaba. Y es que, además, para él, su padre tenía aquella dimensión humana. Era todo un señor, y como tal se comportaba. Por tanto, era lógico que las cosas sucedieran como Andrea estaba contando.

—Ya es tarde —añadió Andrea, nerviosa—. No vaya a ser que mamá llegue y me pregunte de dónde regreso tan tarde. No quiero tener novio, ¿sabes? Y sé que mamá prefiere que no lo tenga.

—Pero ya tienes edad para tenerlo, ¿no?

—Si a los diecisiete años dices tú que es edad…

—Yo tengo veinte. Y me gusta estar contigo. ¿Nos vemos mañana en la facultad?

—De acuerdo. Ya veremos si esta noche soy capaz de saber a quién me recuerdas.

Burt, de súbito, pensó que era una estupidez ocultar su identidad. No iba de conquistador por la vida; en eso se parecía a su padre. Tenía experiencias femeninas, lógicas a su edad, pero ni novia ni amiga fija. Siempre había chicas liberadas que hacían favores y que después se olvidaban para hacérselos a otros. Aquella Andrea era punto y aparte. Además de ser muy bonita, era muy especial. Muy franca, muy cálida, muy para amar de verdad. Pensó que igual se metía en un lío. Y prefería no hacerlo. Y si le decía la verdad, ya serían amigos, al margen de las vidas de sus respectivos padres.

—Ven un momento, Andrea. ¿Nos podemos sentar un poco en esa placita? No es tarde. Y no pienses que soy un fresco o un conquistador.

Ella rió, divertida.

—¿Y si lo fueras, qué? Porque, no porque lo seas tú voy a caer en el lazo que puedas tenderme.

—¡Ah!

—¿Queda claro, Mick?

—No me llamo Mick, Andrea.

Ella, que se dirigía a la placita con la bolsa de deportes en la mano, se quedó parada, inmóvil.

—¿Qué?

—Verás. Te vi la otra noche y me llamaste la atención… Estabas con Brian y con una dama preciosa.

—Mi madre —y de súbito—. ¿Por qué llamas Brian al hombre que estaba con mamá y conmigo?

—Tú lo has dicho.

—¡Oh, no! Yo he dicho que Brian era o había sido nuestro mecenas, pero tú no tenías por qué saber que era aquel hombre precisamente el mecenas.

—Mira, Andrea, es que yo… yo… pues soy su hijo.

Andrea le miró como despavorida.

—Tú… ¿su hijo? Sí, sí, sé que tiene un hijo. Pero tú, ¿por qué? Me has seguido. Es decir, me buscabas, ¿no?

—Andrea, cálmate y razonemos… Vamos a sentarnos allí. Tú admiras y respetas a mi padre, ¿no?

—Mucho —furiosa—. Pero tú no eres él.

—Pues yo soy como él, sólo que en joven. No hago faenas, ni busco romances ni seduzco a chicas para pasarlo bien. Puedes creerme o no. Pero, si seguimos saliendo como amigos, lo entenderás.

—Pues vamos y aclaremos las cosas.

Sentados el uno junto al otro, con las bolsas de deporte a sus pies, se miraban desconcertados. Andrea parecía estar a la expectativa, y Burt no sabía qué decir para aclarar la cuestión.

—Mira, Andrea, yo os vi, y un compañero me dijo que estudiabas Sociología. Yo no voy nunca por esa facultad. Estudio económicas o ciencias empresariales, como gustes de llamarlas. El caso es que te veía por el polideportivo, y nunca me llamaste mucho la atención. Eres bonita y joven y todo eso, pero… hay muchas chicas jóvenes y bonitas en Baltimore. En cambio, al verte sentada en una sala de fiestas con aquella dama joven y tan bella y con papá… pensé. No sé.

—¿Que era yo la amiguita de tu papá?

—No, no. No me imagino a mi padre con una amiga, o con una amante. Papá, si tiene, será una futura esposa. Estoy seguro de eso. Le conozco tanto que en su mirada a tu madre, noté que la quiere de verdad. Papá, cuando quiere, quiere hasta el infinito. No creo que salga con una mujer si no la respeta absolutamente. ¿Entiendes la cuestión?

—La voy digeriendo.

—Pues eso. Y te pregunto ahora, ¿qué hacemos?

—Ser amigos, o no serlo. Pero de decir a mamá que salimos, ni una palabra. Y a tu padre, menos aún. No quiero que mamá se comprometa por mí ni que tu padre se vea atado a mi madre por ti. ¿Entendido?

—¿Y cómo lo vamos a ocultar?

—¿Es que acaso vamos a los mismos sitios que ellos? No. Será, pues, sumamente fácil. De paso, yo tendré un buen amigo. No creas, me sentía sola. Y no me gusta hacer amigos que no conozco. Ahora que pienso que ya te conozco un poco y que eres hijo de quien eres, saldré contigo de vez en cuando, cuando a los dos nos apetezca. ¿Qué te parece?

—¿Y si nos enamoramos, Andrea?

—Bueno, eso no es malo, ¿no? Pero, silencio.

—¿Y hasta cuándo el silencio?

—Hasta que nuestros padres decidan su vida. Jamás consentiré que se sientan coaccionados por nuestra relación, sea blanca o azul. Pienso que hablo muy claro.

—Pues hablando así me gustas más, ya ves tú…

—Ahora digámonos adiós —se levantó y agarró el asa de la bolsa de deportes—. No vengas por aquí. Si por la tarde te apetece llegarte a la universidad ya nos veremos y decidiremos cuándo nos apetece salir juntos. De todos modos, de amores, nada de nada, ¿entendido? Amigos; sólo amigos.

—Si podemos, oye. Que uno propone, y es Dios el que dispone.

—Eso ya lo veremos. De todos modos te diré una cosa, Burt; me alegro de haberte conocido. Te pareces mucho a tu padre. Y de no existir mamá y de ser tu padre más asequible como hombre a secas, igual me hubiera enamorado de él. Bueno, eso es un decir. En serio si te digo que es un tipo de lo más interesante y seductor. Tú, en joven, eres su calco, y no estás nada mal. Pero yo no quiero complicarme la vida ni complicársela a mamá. Y menos aún a tu padre.

—¿Entonces…?

—Secreto entre los dos. Cállate, y ya está.

—Eres una chica formidable, Andrea. Vamos a ser buenos amigos.

Se dieron la mano y se despidieron.

Andrea se fue a su casa muy contenta. ¡Ahí es nada! Haber conocido al hijo de Brian, y además parecerse tanto a su padre en la manera de ser y en el físico… Sí que estaba muy contenta.

A las diez de la noche ya había cenado y dispuesto los deberes y se puso a ver la televisión. Casi en seguida sintió el llavín en la cerradura. Tenía ganas de saltar para ver a su madre y observar en sus ojos verdes y maravillosos si venía contenta o inquieta. Pero no se movió. Sabía que su madre le agradecía la discreción. Por ello no pensaba preguntarle adónde había ido, o dónde había estado la noche del sábado o todo el domingo.

—¿Estás ahí, Andrea?

—Sí, mamá.

—En seguida estoy a tu lado. Voy a ponerme cómoda.

—¿Has comido, mami? Porque, si quieres, te preparo algo en seguida.

—No, no. Estuve con Brian. Tuvimos una merienda-cena en un parador turístico.

Al rato apareció Leila en pijama y bata y calzando zapatillas de piel verdes.

Andrea apreció en su mirada verde una gran inquietud, pero una inquietud satisfecha, sin duda. Era preciosa y cálida. Muy cálida. De una sensibilidad especial. Ella la adoraba. Lo único que pedía al cielo es que al fin su madre encontrara al hombre que la hiciera feliz como ella se merecía. Y Brian era el hombre, ese caballero, pero faltaba que ambos decidieran su vida para el resto de su existencia.

—¿Qué has hecho, hija?

—Fui al polideportivo. Y lo pasé bien…

—No tienes amigas, Andrea. Y una amistad es siempre necesaria.

Tenía a Burt. Y sabía ya, muy intuitiva, que lo tenía de verdad. Le bastaba.

Pero en voz alta dijo únicamente:

—Mis libros, mis idiomas… ¡Qué sé yo, mamá! Tengo de sobra. Soy aún muy joven. Y una amiga es casi siempre una entrometida. Me las arreglo con mis cosas, y soy más feliz que saliendo por ahí en pandilla.

—Pero antes de trabajar y estudiar solías reunirte con la pandilla de los bloques. —Y mientras hablaba, pausada, como era ella, aunque en la intimidad con Brian fuese muy diferente, pero eso sólo lo sabían los dos, tomó asiento en un cómodo sofá mirando a uno y otro lado—. Un día tendremos que dejar esto, Andrea.

—Yo lo estoy deseando.

—Ya veremos… Más pronto o más tarde… Ahora que tenemos todo el derecho a vivir aquí, esto, para nuestra actual situación social y económica, nos queda chico. Pero no quiero precipitarme, Andrea.

—No lo hagas, mamá. Vale más pensar con calma…

—Me voy a la cama, hijita. Estoy cansada… Mañana hay que madrugar. Me he cansado mucho lejos de casa.

No dijo dónde había pasado la noche, ni Andrea hizo alusión a nada.

Pero se sentía dichosa. Sabía que a un hombre como Brian, su madre no le dejaría escapar. Y pensar que Brian no enamorase a su madre le parecía de todo punto imposible. Cierto que su madre tendría muy presente a su marido, a aquel Don que la hizo feliz a su manera, pero seguramente no a la de su madre. En fin… no concebía que Brian y su madre tuvieran relaciones íntimas, que sin duda las tenían, y no se enamoraran como dos jovenzuelos. No le cabía en la cabeza que los dos se entregaran a una intimidad sin sentir algo muy fuerte. Y todo aquello que sentían, un día u otro tendrían que llevarlos a alguna conclusión.

Se fue a la cama; dejó de pensar en Brian y su madre. Se durmió pensando en Burt, como era lógico y natural.

13

Era día festivo. Andrea madrugó mucho para pasar por la academia de idiomas, porque por las mañanas, los días festivos y domingos, no dejaba de dar su clase. Al regreso preparó la bolsa deportiva.

—Me voy al poli, mamá —le dijo en voz alta.

Leila aparecía aún restregándose los ojos. Andrea pensó que, dormida, recién levantada, vestida, maquillada o sin maquillar, su madre cada día cobraba más majestad, más sensibilidad y más belleza. Una de esas bellezas cálidas y amables, atractivas y sumamente femeninas. Otra mujer, recién salida del lecho, estaría demacrada, ojerosa y se le notarían algunas indiscretas arruguitas. A su madre no, y no era porque ella la viese con ojos admirativos de hija. ¡Nada de eso! Es que era la auténtica realidad. Con el pijama de seda azul y la bata corta haciendo juego, con las chinelas de piel también azules, de un azul pálido, resultaba seductora al máximo.

—¿No es muy temprano, Andrea?

La hija esquivó la mirada. Prefería que su madre se enterara cuando hubiese decidido su vida con Brian, si es que la decidía, pero no antes. Y es que ella salía a diario con Burt. Se veían en la facultad, o en el polideportivo, o en una cafetería, donde solían citarse. Ya sabía que... Bueno, que enamorarse de Burt era facilísimo, porque, además de creer en él..., era guapísimo, arrogante y fiel. Eso lo intuye pronto una mujer. Y ella era intuitiva por naturaleza. Por tanto, si Burt creía en ella, ella creía en Burt: los dos andaban muy liados, y hasta desconcertados por la necesidad que tenían el uno del otro.

Por ello era lógico que estuviera citada con Burt en el lugar donde sabía no iban su madre ni el padre de él. Allí solían comer, nadar, jugar la partida de tenis y después se iban a bailar a una discoteca cercana...

—Andrea, hace días que te veo algo confusa. Como rara. No sé. Se diría que estás madurando muy aprisa.

—Bueno, mamá, es que ya no soy una niña. Y mi trabajo, la carrera, mis conocimientos... culturales... no me van a estacionar.

—No, no. Claro. Y es mejor así. Pero pasarte el día sola, en el polideportivo... será muy aburrido.

—Yo nunca me aburro —dijo Andrea apresurándose a darle un beso y alejándose hacia la puerta—. Soy muy amiga de mí misma.

Escapó casi corriendo, temiendo que su madre penetrara en su tan guardado secreto sentimental. Porque no había que engañarse. De amistoso tenía, pero… de sentimental, mucho más…

Leila quedó sola, perdida en un sillón. Nunca tuvo en su mente un caos mayor. Y es que no sabía qué hacer. Sabía lo que sentía, pero… ¿no sería todo pasajero, y un día cualquiera ella y Brian se cansarían de estar juntos, de verse a escondidas, de necesitarse tanto el uno al otro?

Sería terrible que ella se viera obligada a hacerle una faena a Brian, o que Brian, por compromiso o consideración, le pidiera de nuevo casarse, y no se soportaba al lado de Brian si no era amándose mucho y sintiéndose amada y deseada a rabiar.

Por otra parte, Brian no volvió a pedirle que se casaran. Se diría que estaba así muy bien y que no deseaba lazos legales. Tampoco ella, pero… si el amor era verdadero y duradero, lo normal sería que terminara en matrimonio.

De todos modos, durante aquel mes se vieron con frecuencia, pero, por la razón que fuese, ella nunca quiso ir a su casa. No la conocía, ni sabía dónde estaba ubicada. Sí sabía, por comentarios oídos en la empresa, que los altos empleados poseían viviendas preciosas, tipo palacete, en una urbanización especial que no pertenecía a la empresa, pero sí que regaló los terrenos a los altos empleados y ejecutivos para construir allí sus hogares. Al parecer, todos estaban alineados en una avenida de la periferia, separados entre sí por vallas. Eran de dos plantas, pero lo suficientemente grandes, con terreno en torno, piscina y cancha de tenis.

A veces se veían unas horas a solas en aquel motel que Brian había reservado. Otras veces en hoteles y algunas veces se iban por la autopista y se detenían en cualquier parador... No siempre dormía en su casa con su hija, pero Andrea era tan especial y tan discreta que jamás preguntó nada ni hizo alusión a las faltas de su madre, aunque Leila no podía evitar sentirse ruborizada cuando, después de unas horas de estar con Brian, se hallaba ante su hija. Tenía la sensación de que Andrea sabía dónde había estado y todo cuando había hecho. Y eso le llenaba de vergüenza, porque cuanto mejor se sentía con Brian, más a flor de piel subía su sensibilidad.

Pensaba en todo eso y tomaba un café con leche cuando sonó el teléfono.

Alargó la mano y asió el auricular llevándoselo al oído. Sabía quién era, desde luego. La tarde anterior, Brian había salido de viaje. Hacía tres días que no se veían a solas. Rodeados de gente, sí, pero eso era como no verse, o sentirse ambos coartados.

—Sí.

—Hola, buenos días, Ley.

A solas siempre la llamada así, y ella sentía una sensación de rara plenitud.

Brian había sabido llegar a lo más hondo de su emotividad, y físicamente era como una locura que nunca se atrevió a soñar y que, sin embargo, estaba viviendo.

—Buenos días, Brian.

—Hace tres días…

—Sí… sí…

—¿Hoy? He regresado ahora mismo de Búfalo. No hice más que darme una ducha y tomar un café. Burt ya se ha largado al polideportivo. Me dijo que no volvería hasta la noche. Te digo esto porque me gustaría que hoy almorzáramos aquí, en mi casa.

—Pues…

—Leila, me parece absurdo que no aceptes.

Era cierto. ¿Por qué no, al fin y al cabo? ¿Quién la ataba a ella? ¿Quién le obligaba? ¿Quién podía prohibirle?

—De acuerdo.

—Te recogeré dentro de dos horas. Las justas para vestirme y hacer unas cosas en mi despacho privado. A las once y media pasaré a recogerte. ¿Subo?

—No. Llama por el portero automático. O tal vez te espero abajo, pues te veo llegar por el principio de la calle.

—A las once y media.

Y allí estaba ella cuando él paró el coche en el portal.

* * *

Ni siquiera le dio tiempo a Brian de descender. Vestía traje pantalón. La primavera se iniciaba. El color del traje era de un tono cremoso. Pantalón de pinzas, estrecho y cayendo sobre su figura como un guante. Zapatos negros, bolso de bandolera haciendo juego y una camisa del mismo color bajo el blazer de corte impecable. Sus cabellos negros, como siempre, cortados en desigual y formando una melena semicorta que favorecía sus facciones exóticas, donde los verdes ojos parecían luminarias. Sonriente, algo tímida, pero siempre cálida, se introdujo en el vehículo. Brian, tras lanzar una larga mirada sobre ella, puso el coche en marcha, si bien una de sus manos se deslizó afectuosa hacia los finos dedos femeninos, que apretó largamente.

—Estás guapísima. Pero, como siempre lo estás y también siempre te lo digo, una vez más… ya carece de sentido.

—¿Qué tal el viaje?

—Aburrido. Te he traído una cosa… Pero la tengo en casa. Te la daré allí.

—Brian…

—Dime.

—Me haces daño en los dedos.

Los soltó rápidamente.

—Soy un condenado impetuoso, Ley. Es que… tres días sin verte es demasiado…

—Dos, Brian…

—¿Dos? ¡Ah, sí! Pero cuando te vi estábamos rodeados de gente. Así es como no verte, o verte y sentirme lastimado. Es curioso, Ley, muy curioso lo que me ocurre contigo. Yo jamás fui celoso. Ni siquiera de joven, cuando el amor entra como una avalancha. Y ahora me da grima cuando noto que te miran, que los ojos ajenos se recrean en tu belleza. No temo, no, que te vayas con otro. Eso, ni se me pasa por la mente. Pero sólo el que te miren los demás, me descompone. Sé que es una soberana tontería, celos de jovenzuelo, y no tengo nada de tal. Pero no lo puedo evitar.

Y sin que ella dijera nada, añadió, tras una breve pausa:

—Por fin vas a conocer mi casa. Es cómoda, ¿sabes? Cuando se fue Sonia —siempre hablando de su ex-mujer sin rencor, sin odio, pero sí con absoluta indiferencia—, lo renové todo. La decoración era cargante. Muebles por todas las esquinas. Jarrones, adornos de mal gusto. Sonia no era delicada, ni tenía buen gusto. Llegué a odiar las mesas, los sofás amontonados, las paredes con tapices absurdos. Así que hice de mi hogar un conglomerado de objetos entrañables, pero en sus lugares debidos, nada de amontonamientos. Me gustan las plantas. Me gustan tanto que las he puesto en muchas partes. Me dan alegría, me rejuvenecen, me sosiegan. Ya sé que es otra de mis tonterías, pero… me encantan. Espero que te guste. Conozco tu casa, que, aunque humilde y pequeña, está puesta con gusto. Tiene detalles muy femeninos, muy coquetos… —sonreía divertido, intimista—. Sonia no era delicada. La sensibilidad de las personas se nota hasta en cómo viven, en los objetos de los cuales se rodean.

Dejaban atrás las populosas calles de Baltimore y por carreteras tipo autovía se dirigían hacia la periferia, donde se ubicaba una ciudad satélite, y más lejos una avenida residencial, con anchas calles por medio, parques, arboleda y las hileras de palacetes a ambos lados.

—Es la del fondo. ¿La ves?

—Sí… Bueno, no es fácil. Separados por vallas, hay muchos palacetes.

—En su día, la empresa nos regaló los terrenos poco a poco esto se fue poblando. Es precioso

el lugar, y tranquilo. Mira, ahora tienes mi casa enfrente. Voy a entrar por el garaje anexo al portón
—así lo hizo. El coche subió una rampa muy poco desnivelada y se introdujo en un garaje cuya
puerta se levantó al pulsar Brian un dispositivo que
llevaba en la guantera—. Caben tres coches. Burt
casi siempre deja el suyo ante la glorieta, enfrente de la puerta principal. Yo prefiero guardarlo. De
aquí subimos por esas escaleras y ya estamos en el
vestíbulo.

—Brian —dijo Leila, descendiendo y con voz
algo confusa—, tu sirvienta…

—¿Lucía? No se entera de nada. Y si se entera, no lo dice, que es como si no se enterara. No
he conocido mujer más discreta.

—Oye, Brian, te tengo que decir algo. Me refiero a Andrea… Nunca me pregunta nada, ni hace mención de mis ausencias. Ni…

—Andrea es muy inteligente —apuntó Brian,
pasándole un brazo por los hombros—. Lo único
que desea es tu felicidad. Te adora, y a mí me aprecia. Sabe que no jugamos. Que lo nuestro es serio
y profundo. No es tonta. Los jóvenes de hoy va-
loran mucho los sentimientos cuando son sinceros; también están capacitados para saber cuándo
son falsos o sinceros. No te preocupes de tu hija.
Ella vive a su manera; lo único que desea es que
seas feliz. Ven —subían ya juntos hacia la primera

planta—. También Burt sabe que algo ocurre en mí, que vivo de modo diferente, pero nunca pregunta. Eso es una forma de manifestarte que está de acuerdo.

—Un día se tienen que conocer Andrea y Burt, Brian.

—Ya se conocerán cuando tú y yo decidamos nuestra vida. Porque aún no la tenemos decidida. Y yo no quiero atosigarte. Pero sí te voy a pedir una cosa.

—¿Qué?

—Entra primero. Y da una vuelta por mi casa, y dime si te gusta de verdad. Siempre quise que tuviera sabor de hogar, que Burt no se sintiera desplazado. Intenté por todos los medios sentirme bien en ella. Y creo haberlo conseguido.

Subieron y entraron en una esquina del vestíbulo. No se podía decir que Leila se mantuviera indiferente. No podía ser. Ni de soltera ni de casada había visto jamás una casa así, y no era porque fuese de cine, no. Era un hogar precioso, pero carecía de ese lujo cargante que resta estética al conjunto. Era únicamente preciosa.

El vestíbulo era muy grande, con tres puertas al fondo. Brian, sin soltar a Leila, las iba abriendo.

—Mira —le decía afectuoso—, aquí está la cocina. Ya ves a Lucía. Lucía —llamaba y la mujer vestida de negro con albo delantal en torno a la cintura, se volvía—. Lucía, es una amiga mía que quizá veas con frecuencia.

—Buenos días, señora. He traído el marisco que me encargó, señor, y la carne, que ya estoy preparando. ¿Dos cubiertos, señor?

—Dos, Lucía.

La cocina era grande, blanca, con todos los elementos modernos propios para lo que representaba. El suelo, también blanco, con unos mosaicos negros en medio. Los ventanales daban al jardín, y los mostradores, con banquetas ante ellos, formaban un conjunto entrañable, íntimo, hogareño de verdad.

—Mira, éste es el comedor. Ya ves que es tan sencillo como todo lo demás.

—Pero con una distinción especial, Brian. Si te digo la verdad —y aquí casi se ruborizaba—, es la primera vez que veo una casa así... salvo lo que he visto en películas.

—Mi casa no es de película.

—No, pero yo nunca tuve la oportunidad de ver otras.

Y sonreía, como él, al mirarla. Brian se maravillaba una vez más de la sinceridad de Leila, pues otra hubiera disimulado más su admiración.

14

Tenía razón Brian. Las plantas, con macetas todas del mismo color verde pálido, se veían por terrazas y galerías. En cambio, las que había en el vestíbulo partían de maceteros de loza de tonos diferentes, pero predominando siempre los pálidos, lo cual animaba más la intimidad de la decoración.

El comedor era amplio. También lo rodeaban ventanales que daban a la piscina y a la cancha de tenis, así como a los jardines. No era un gran terreno, pero sí el suficiente para formar un conglomerado precioso. Y parecía holgado, pese a todo lo que encerraba.

Los suelos del interior eran de madera noble, muy pulidos y casi cubiertos por grandes alfombras persas de colores. Cuadros por las paredes, y una cálida decoración, de forma que todo resultaba acogedor y nada frío.

En la planta baja había un enorme salón que tomaba media vivienda, rodeado de ventanales con cortinas blancas, un tresillo al fondo, una chimenea en otro rincón, con cómodos sofás a ambos lados. Mesas de centro y una camilla en una esquina, con unas preciosas butaquitas en torno. En una fachada, una larga estantería, y por una puerta, disimulada también como librería, el despacho privado de Brian.

Era un salón muy grande. Sin embargo, parecían más de uno, ya que la distinta altura del piso en algunas partes diferenciaba un lugar de otro, si bien todo era el mismo. Objetos de plata y de porcelana ponían una nota alegre y a la vez caliente.

Todo se parecía a Brian, todo hablaba de su personalidad. De su gusto exquisito, incluso de su sensibilidad a flor de piel.

—Nada se parece a como cuando vivía Sonia aquí. Todo esto estaba abarrotado de muebles. No podía dar un paso sin tropezar. Ven, ahora vamos a la parte de arriba. Hay también un altillo, que es donde Burt, mi hijo, tiene el estudio. Mira, mira, éste es Burt.

Y le mostró varios retratos.

—Es como tú. Te imagino así cuando eras de su edad, Brian.

—Somos muy parecidos. Lo somos en el físico y en todo lo demás. Nunca tuve que reprenderlo, ni pedirle que estudiara, ni que llegara a tal hora. Es un tipo discreto, formal. Algún día se casará. Y yo, previendo eso, te diré que he formado como dos viviendas. Fíjate que hay dos escaleras. Una para mi servicio, suponiendo que me case. La otra para Burt, si lo hace a su vez.

En efecto, dos escaleras casi unidas, aunque separadas por un corto pasillo, tras el cual había una puerta que daba al jardín. Por una de aquellas escaleras se subía a tres amplios dormitorios, uno mayor que los demás. Tres cuartos de baño y una salita en medio de todo aquel conjunto.

—Ya iremos después por la otra escalera. Verás que, por esa parte, el palacete se alarga un poco. Y es que quise que la vivienda de Burt, en el futuro, cuando forme su propio hogar, no tuviera nada que ver con la mía. No es un palacete alto, pero sí ancho —continuaba diciendo, sin soltar los hombros de Leila, que oprimía contra sí—. De modo que Burt podrá disponer de su casa sin contar con la mía. En la planta baja tiene su cocina, salón, despacho. Lo mío, todo lo que has visto en lo que te llevo enseñado.

Las alcobas eran individuales, y cada una con su baño. La más grande tenía un ancho lecho, dos mesitas de noche, un armario empotrado, que tomaba toda una fachada y que se abría por medio de puertas correderas. Un tresillo al fondo, y también un canapé. Nada parecía amontonado, pese a las dos butacas y un tocador y la puerta que conducía a un baño enorme.

—Ésta es la mía —dijo Brian, satisfecho—. Aquí tengo yo mis soledades, mis misticismos, mis añoranzas.

Y reía.

Ella temía que Brian la tomara en brazos y... Pero no. Brian era mucho Brian. Un caballero de verdad. Porque, de ser otro, hubiera intentado poseerla allí. Y a Leila, dada su sensibilidad, le hubiera dolido.

Pero Brian no lo intentó. Ni siquiera la besó. Al lado de los largos ventanales, levantó un poco las cortinas y le dijo:

—Mira, desde aquí se ve todo. La piscina, que aún está vacía, pero pienso llenarla este verano, aunque Burt casi siempre se va al polideportivo.

La asió por los hombros otra vez y salieron de allí silenciosos. Cuando vio la casa de Burt le pareció más juvenil, preciosa, muy alegre. Muy para él.

—Pero vive conmigo —le dijo Brian—. De momento, y mientras no se case, sólo pasa a su casa si invita a algún amigo.

Descendieron al salón.

—Te daré el regalo que te he traído de Búfalo. No sé si te parecerá bien —y de un cajón de la estantería extrajo una cajita.

La mesa para la comida estaba puesta en el salón, en aquella mesa casi pegada a los ventanales.

—Mira Lucía, cómo se ha apresurado. Mientras dábamos un paseo por la casa, ella ha dispuesto la mesa.

Abrió la cajita.

—Toma, Ley.

—Pero…

Se quedó mirando a Brian, y después la sortija, que tenía un brillante montado al aire.

—Es preciosa, pero no. No, Brian.

—Bueno, llévala, aunque sea sólo como anillo de compromiso. No te pido que nos casemos ahora, pero un día, si lo hacemos… Y si no lo nacemos, que luzca en tu dedo como recuerdo de estas preciosas relaciones —se la puso en el dedo—. No te la quites nunca, Ley. La he comprado para ti. No la heredé de nadie. De la joyería de Búfalo a la cajita, y de ella a tu dedo. Me gustaría que no me la rechazaras.

Y le apretaba la mano con la sortija puesta.

—Por favor, Leila.

—Me gusta que me llames Ley.

—Ya. Pero, por favor...

—Sí... sí...

No podía evitar que el calor subiera a sus mejillas.

* * *

Fue una comida íntima, exquisita, a base de mariscos, carne asada, postres. Champán por bebida, y una conversación que nada indicaba a dos amantes, pero sí mucho a dos personas que tenían montones de cosas que decirse y se las decían. Ni un beso, ni una caricia. Se diría que no las deseaban. Sin embargo, sabían que palpitaban dentro de ellos como una necesidad.

Pero eran así los dos. Y por parecerse tanto se complementaban, y se daban gusto mutuamente, dentro del mayor respeto, sin restar en modo alguno la necesidad que ambos sentían.

Anochecía ya cuando aún continuaban conversando. Los temas salían solos, fluidos, y entre tanto, al lado de la chimenea encendida, él comentó mil detalles de su vida de casado, porque, de soltero, apenas si recordaba nada, ya que a los diecisiete años tenía a su novia Sonia. Después, ésta se convirtió en su esposa, con un niño a punto de llegar y él aún sin situarse. Los días y las luchas para escalar puestos, y la carrera, que terminó casado y trabajando. Una velada preciosa, porque, si se conocían mucho, aquella tarde se conocieron más. Y todo ello sin una palabra de amor, sin una caricia. Sólo sabían que lo sentían y que lo deseaban, pero ya llegaría el momento, cuando fuera preciso. Leila contó, a su vez, su vida, pero no a grandes rasgos, como Brian la conocía, sino al detalle. Su vida de adolescente, procedente de una familia humilde que se esforzaba por cultivar a su única hija. Los estudios de comercio plenos, pero no suficientes. El noviazgo, cuando aún no había saboreado la adolescencia. El embarazo al año siguiente, y la boda en seguida. Después, la vida monótona, anodina, las manías de Don, que, con ser tan bueno, la coartaron, la limitaron.

—No me enteré de que era una vida anodina; te lo aseguro. Me amoldé. Estudié cuanto pude mientras criaba a Andrea. Me propuse que mi hija no se casara joven; que se cultivaría primero. Mi vida estaba ya decidida, pero podía llegar aún a tiempo con Andrea. La maduré antes de tiempo quizá, o la responsabilicé en muchas cosas. Y si bien algunas pudieron ser negativas, las más fueron positivas. Don falleció, y yo me quedé desolada, pero sin saber qué hacer. Hoy comprendo… sí, sí… —daba cabezaditas—. Comprendo que no viví el amor, que toda mi existencia con Don fue oscura, monótona. Don era como era, pero imposible sacar de él nada más que lo que daba de sí, y daba poco. Todo eso lo comprendí después. ¡Ahora!

Brian le asió una mano y la encerró entre las suyas.

—No, Brian.

—¿No?

—Quiero decir que si me tocas...

—Estallas. Lo sé. Por eso no te he tocado aún —no le soltaba la mano—. Estamos a oscuras. ¿No te apetece estar más juntos y en otro sitio? Anda, ven. Vamos... No podemos dejar la casa sin sentir que hemos estado en ella.

—Brian, yo...

—Lo sé.

—Si no sabes...

—Claro que sé —y, riendo, la levantó y la llevó a su lado, asida de los hombros—. Tres días sin sentirte es demasiado. Para mí, es mucho, Ley. Y para ti, también. Ya no podemos equivocarnos. ¿No te parece?

Y entró con ella en su alcoba.

Todo natural, todo como si no se hiciera nada, o como si fueran la pareja que se reunía cada día porque eran marido y mujer. Brian siempre se las arreglaba para dar esa sensación.

Y ella se lo agradecía. Pero cuando Brian la apretaba contra sí, ella ya no era dueña de nada.

Se pegaba a él, se besaban: lo demás era sumamente fácil. Imposible de rechazar, de evitar…

A las once subieron al coche y se alejaron en él.

—Un día —le decía Brian, riendo guasón,
como si bajo aquella risa ocultara la verdadera
ansiedad que impregnaba todo su sentimiento—,
tendremos que decidir.

—Sí, supongo que sí.

—Yo dependo de ti, Ley. De ti, únicamente.
Pero tampoco quiero atosigarte. El día que tú digas. De nada sirve empujar las cosas, forzarlas.
Todo ha de llegar por sí mismo. Pero la única que
no está decidida eres tú. A veces tengo la sensación de que dudas de mí, de que tú no me amas
tanto como yo pienso.

—No es eso.

—Si sé lo que es. Tus miedos.

—No soportaría que dejaras de quererme.
Que todo esto fuera un espejismo. A fin de cuentas, yo soy como una novata, y tú, un hombre de
vuelta de todo. Soy viuda, sí, y tengo una hija
adolescente, más bien adulta ya. Sin embargo, soy
una ingenua en estas cuestiones. Puedo al final
resultarte sosa, pasiva.

—¿Qué? ¿Cómo dices esas cosas, si sabes que
entre los dos vivimos a tope y no nos hemos fijado ningún tabú?

—Lo sé, lo sé. Pero…

—¿Pero, qué?

—Mira, será mejor que me lleves a cenar, y después a un teatro. Andrea sabe cuidarse sola. Estará ya en casa en pijama, y con los libros delante. Sé que mientras no finalice los estudios, no se complicará la vida con amores o amigos sentimentales. No me espera. Sabe de mí tanto como yo misma, sin haber cambiado al respecto una sola impresión, pero, no cabe duda de que ella no ignora nada. Por eso a veces me da vergüenza encontrarme con sus ojos. Y eso que nunca son unos ojos interrogantes.

—Tienes demasiados escrúpulos, Ley. Demasiada sensibilidad, y a veces pareces frágil. No obstante, sé que eres fuerte. Muy fuerte. Pero dejemos de pensar en el mañana. El hoy es divino, y cuando menos lo pensemos, ¡zas! nos casamos en un segundo y se acabó la incertidumbre, para iniciar una vida en común plena, no así, como robada.

15

Se hace tarde Burt —protestó Andrea, tratando de hacerse con la bolsa de deporte—. Mamá estará de regreso.

—Suponiendo que papá la haya dejado.

—Burt, que me estrujas… Ya te dije… Mira, lo he repetido en todos los tonos… ¿Por qué no dejamos esta situación sentimental y nos convertimos en lo que éramos al principio? Dos amigos. Sólo dos amigos.

—Si pudiera… Pero tampoco tú puedes. Nos enamoramos, ¿qué pasa? ¿Es algo raro? Yo no me había enamorado jamás. Salir con chicas, sí; todos los días. Pero el amor, lo que se dice amor, es ésta la primera vez, y será para toda la vida. Yo no soy de los que huyen del amor. Si lo siento, lo acepto como tal y… —la besaba. Andrea no sabía escapar de sus besos— además, lo cuido como un tesoro. Tú, fíjate bien, Andrea; fíjate, no me equivoco contigo. Lo sentí desde el primer día. No desde que te veía por aquí. Eras una más. Pero empecé a tratarte, y después... pues eso.

Se hallaban en la placita, no lejos del ingente montón de bloques de casas baratas. Había alguna pareja más por allí. No muchas, porque pronto serían las once de la noche. Y llevaban sentados en aquel banco más de hora y media. Ella, intentando alejarse, y Burt, reteniéndola.

—Te diré una cosa, Andrea. Una cosa sumamente importante. Yo siempre deseé enamorarme. Tener una novia. La culpa de que esto ocurriera así no la tenemos ninguno de los dos. Nos conocimos, empezamos a tratarnos, a salir juntos... y se encendió la llama. Mira, yo tuve muchas amigas, pero nunca una novia fija, y me gusta tenerte a ti. Y lo mío no es de pasadillo. Ni para dos días. Eso lo sabe uno en seguida. Y a ti te sucede igual.

—Ya lo sé, pero cuando falta tanto...

—Pues lo aguantamos.

—¿Y nuestros padres?

—Ya se entenderán en su momento. Cuando decidan casarse lo soltamos, o quizá lo adivinen ellos. ¿Sabes? Tienes que conocer mi casa. Es la de mi padre. Pero mi padre, tan previsor y tan amigo de la soledad y de su independencia, como yo ya había nacido cuando la casa se edificó, hizo dos viviendas en una. Lo que menos sabía él en aquel momento es que volvería a enamorarse, porque sin lugar a dudas está enamorado de tu madre, como ella de él. No pienses que se van a quedar así. Un día cualquiera se deciden y nos dan la noticia.

—¿Y si se dejan?

—Pues se dejaron. Pero tú y yo no nos vamos a dejar. Oye, el próximo domingo iremos a que veas mi casa.

—¿Estás loco? Mira que si tu padre y mi madre nos pillan allí…

—No, porque antes tendremos que saber si se van de fin de semana. Y como se van casi siempre…

—Y Lucía, tu sirvienta… ¿No dices que tienes una mujer que se ocupa del servicio?

—Pues claro. Y de otras dos que van a limpiar por horas y se largan en la misma mañana. Pero con Lucía, nada de nada. Nunca se entera. Y, si se entera, se lo calla. No irás a pensar que tu madre no ha ido a mi casa.

—Me extraña.

—Andrea, no seas ingenua. Ellos sienten el amor de modo diferente. Igual, pero con variaciones. Más adulto, más sosegado, más firme, si gustas. Nosotros somos algo locos, pero nos necesitamos, y lo hacemos como más atropelladamente. Recuerda el otro día.

Andrea se ponía colorada. Prefería que fuera de noche para que Burt no le viera los colores.

—No quiero acordarme de eso —dijo quedamente.

Burt se echó a reír, nervioso, y le levantó la barbilla.

—Fue estupendo, Andrea, pero no tengas miedo. No nos ocurrirá lo que les ocurrió a nuestros padres. Nosotros sabemos más, aunque seamos tan jóvenes. Y es que la vida ha evolucionado y nos ha enseñado a defendernos, a prepararnos...

—Ahora tengo que irme. Prefiero estar ya en pijama cuando mamá llegue.

Burt la sujetaba. Se notaba en él un verdadero interés, un sentimiento sincero. Nada de jugar a ser novios y pasarlo bien, olvidando luego. Lo de él con Andrea era serio. Si por él fuese, ya se lo habría contado a su padre, pero Andrea no quería, porque decía que no estaba dispuesta a coaccionar a su madre a través de sus relaciones con el hijo del hombre con el cual, pese a amarlo, no se había casado aún.

—Déjame ir, Burt.

—Te dejo, con la condición de que el sábado o el domingo, cuando ellos se marchen de fin de semana, vengas a conocer nuestro hogar.

—Sí, sí, te lo prometo.

Al fin, ella se separó de él y de sus labios y corrió hacia el portal, iluminado por un farol amarillento.

Llegó a casa jadeante y, sobre todo, temerosa de que su madre supiera que llegaba tan tarde y le preguntara con quién había estado. Ella no quería mentir. Y entendía que callar era distinto de mentir.

Pero si su madre hacía preguntas directas, ella diría la verdad. Y todo el entarimado se vendría abajo.

Por suerte, su madre no había llegado aún. Se apresuró a darse una ducha, se puso el pijama y la bata, preparó a toda prisa la comida y cenó. Después, ya relajada y suspirando por el ajetreo que todo aquello le había ocasionado, se fue a sentar ante el televisor.

Pero no se puso a estudiar. Tenía que pensar, y pensaba en Burt. En lo ocurrido entre los dos aquel día. No se dio cuenta de nada hasta que empezó a ocurrir. Fue en el bosque, que empezaba después de la cancha de tenis y la piscina en el polideportivo. Le daba vergüenza recordarlo, pero todo había sido precioso. ¡Precioso!

Por fin, cuando estaba más embebida en sus recuerdos, entró su madre.

Olía muy bien, y estaba impecable. Tan rejuvenecida, tan bien vestida… tan femenina.

—Hola, Andrea. ¿Hace mucho que has vuelto?

—No mucho —sin titubeos—. Ahora oscurece más tarde.

—Ya. Voy a cambiarme.

Al rato la vio volver y la miró de soslayo.

Su madre se retiró el pelo con una mano. Andrea quedó como suspensa y sorprendida.

En un dedo lucía un brillante que no era una piedra cualquiera, por supuesto. Era… un brillantazo auténtico por sus irisados destellos.

¿Regalo de Brian? ¿Se habrían prometido al fin? ¿Iría a decirle su madre que se casaba? De ser así, ella diría lo suyo. Sabía que a su madre le alegraría, pero jamás lo diría mientras ella no se comprometiera para casarse en seguida. Y tal vez para entonces, tanto su madre como Brian lo adivinaran…

Pero, pese a todo, no hizo mención de lo que veía ni le preguntó de dónde lo había sacado. Entre las dos ganaban dinero suficiente para vivir con holgura, pero no para comprarse una joya semejante.

Su madre tampoco le dijo nada. Se limitó, como siempre, a preguntarle con ternura dónde había estado, qué había hecho, y cosas así… Luego se fue a la cama.

Andrea decidió estudiar algo, antes de retirarse.

La semana pasó como siempre. Viéndose con Burt al atardecer, porque, además, éste decidió acompañarla a clase, a donde ella iba. Así estaban más tiempo juntos, pero sin dejar por eso de estudiar, pues ambos tenían empeño en no defraudar a sus padres y terminar cuanto antes para formar su propia familia. Burt terminaba la carrera aquel mismo año y se pondría a trabajar con su padre de inmediato. Ella, al año siguiente, iniciaría el segundo curso, y aunque se casara, si lo hacía, que esperaba no le apurara tanto la cosa como para hacerlo, seguiría estudiando hasta terminar. Continuaría, por supuesto, trabajando en la misma empresa, pero ya a nivel superior.

También pasó la semana para su madre. Andrea suponía, por las horas tardías en que llegaba, que estaría con Brian. Ellos nunca más le pidieron que los acompañara, y ella lo prefería así.

Ese viernes, su madre le dijo:

—Pasaré el fin de semana fuera, Andrea. Regresaré el domingo en la noche.

Era lógico que Andrea le preguntara adónde se iba y con quién. Pero no lo hizo. Tampoco la madre dio más explicaciones, porque entendía que Andrea sabía con quién, aunque no supiera adónde…

* * *

—Verás cómo te gusta. Dejaremos el coche fuera. Por esta zona, los garajes son personales. Es decir, que en esta parte no puede estar nadie que no sea habitante de estos palacetes.

—Son preciosos —ponderó Andrea, maravillada.

—Pues ven y verás.

—¿Y si está tu padre y mi madre?

—¿Eres tonta? No ves que se fueron con sus maletines de viaje. Los espié. Tu madre viene aquí alguna vez.

—¿Cómo lo sabes?

—Pues muy fácil. Por su perfume. Es peculiar. Lo noto al llegar a casa. No le pregunté a Lucía, porque ésta nada me diría, ni siquiera con la sonrisa o la mirada. Es así. Y lo es igual para mi padre que para mí —paró el coche. Ambos, asidos de la mano, se dirigieron al portón, que Burt abrió sin reparo alguno.

—¿Y si nos ven, Burt? Tengo miedo.

—No nos ve nadie. Cada palacete está separado por árboles y vallas. ¿No te das cuenta? Y, si nos ven, que nos vean. Somos una pareja joven, de acuerdo, pero adulta para saber lo que hacemos, cómo lo hacemos y lo que esperamos de todo ello. Lo nuestro no es una broma. Es algo muy serio. Ni tú eres una frívola, ni yo un payaso casanova. Somos dos seres humanos que se compenetran; todo lo demás que lo arregle quien quiera y tenga que arreglarlo, porque lo nuestro lo arreglamos solos.

—¿Y nuestros padres?

—Mira —entraron en la casa; Andrea quedó como paralizada—; ellos, cuando se enteren, se pondrán como locos de contentos. Papá sabe que soy muy parecido a él, y tu madre sabe de sobra que eres como ella. Los dos formales, serios, cabales y enamorados… ¡Ah, dime! ¿Qué te parece?

—¡Cielos, Burt, que vestíbulo!

—La escalera de la izquierda es la de mi padre. La de la derecha, la mía.

Lucía aparecía por allí con una regadera. Al ver a Burt, preguntó, como siempre anodina, pero respetuosa:

—¿Se quedan a comer los señoritos?

—No, no.

—Es que, como el señor no vendrá, si desean almorzar les hago la comida.

Burt miró a Andrea. La vio toda aturdida.

—Nos quedamos, sí. Dispón la comida que tú prefieras, Lucía.

—Sí, señorito.

Y se alejó como una estampa viviente, llevándose la regadera.

—¡Qué apuro, Burt! ¿Qué pensará?

—Que eres mi novia, porque es la primera vez que traigo una chica a casa. Lucía me crió, y yo la adoro. Es como mi madre, porque la verdadera maldito el caso que me hizo nunca.

Luego le enseñó el salón, la cocina, los dormitorios. Era un calco de la casa de Brian, con la diferencia de que estaba decorada de una forma más juvenil y más vanguardista.

—¿Qué me dices?

—Pues mira —se menguaba Andrea—, después de vivir toda la vida en aquellos bloques, ya me dirás qué puedo pensar de todo esto. Es una preciosidad. Como si estuviera soñando un cuento de hadas.

—Pues ven, mira mi alcoba.

—Burt…

—No seas tontita.

Por supuesto, que la juventud de Burt no era la madurez de su padre, ni tenía la sabiduría que dan los años, pero sí tenía impetuosidad y poco freno. Allí mismo la tomó en sus brazos y empezó a besarla. Andrea, que por muy madura que pareciera, era una joven enamorada, se pegó a Burt, y allí estuvieron hasta que un reloj les dijo que era la hora de comer y el estómago les advirtió que, en efecto, era hora de llenarlo.

Después, por la tarde, jugaron una partida de tenis. Terminaron empatados.

—Ahora me apetece bailar. ¿Qué dices, Andrea?

—Pues sí. ¿Por qué no?

Estaba guapísima. Burt la maduraba más. En sus ojos verdes aparecía una lucecita de ilusión, de ansiedad, de sentimiento profundo. Llevaba el cabello más largo que el de su madre y cortado de otra manera, pero resultaba divina y femenina al máximo.

—No me mires así, Burt —decía entre nerviosa y ruborizada.

—Es que cada día estás más linda.

—Crezco. Estoy aún en esa edad.

Y reían los dos.

Era un amor diferente. Más impetuoso, más fresco, pero auténtico, aunque el de Ley y Brian era… emotivo, maduro y reposado, pero igualmente apasionado y mejor vivido, ya que ambos estaban sobrados de experiencias negativas y se gozaban en vivir las positivas.

Se fueron a bailar. Lo hicieron muy juntos.

—Yo te aseguro que jamás te cambiaré por ninguna otra. Te amo mucho. Más es imposible. Además, nos entendemos muy bien. ¿Verdad, Andry?

—Yo creo que sí. Pero no me digas esas cosas. Me sube el color a la cara.

—Me gusta cuando te ruborizas. Te diré que, ahora, pocas chicas lo hacen.

—Un día tengo que contarte algo muy raro, pero muy auténtico.

—¿Hoy no?

—Si dejamos de bailar y nos vamos en tu coche, quizá a oscuras me atreva.

—Pues, vamos, porque me intrigas...

En el interior del coche, Andrea, con voz suave, amarga a veces, cálida y tenue otras, le fue contando la verdad de cómo, dónde y cuándo conoció a su padre. Todo. No omitió nada. Ni el lugar, ni las circunstancias, ni las veces que en días posteriores lo intentó, y cuántas encontró a su padre frenándola, hasta que surgió la colocación y ella desistió, porque lo único que quería era ayudar a su madre.

Después hubo un largo silencio. Burt, en aquel momento, sí se parecía mucho a su padre, porque no hizo comentarios. Sólo asió los hombros de Andry contra sí y dijo quedamente:

—El caballero Brian Jones. No podía ser de otro modo. ¿Cómo no voy a admirarlo? El caballero intachable, y las dos mujeres desvalidas y solas... Andry... eres un encanto, y mi padre, un ser de otra galaxia. Pienso, además, que de una galaxia pura, virtuosa... Verás que se casarán pronto. No puede ser de otro modo.

—Mamá no debe saberlo jamás, pero yo a ti no te puedo engañar.

—¿Y no puedo ni comentarlo con mi padre?

—Algún día lo podrás hacer; ahora, no.

—Te voy a besar mucho, Andrea. ¡Mucho! Nunca tuve tantos deseos de hacerlo como ahora.

Y ya lo estaba haciendo en el interior del coche. Luego Andrea salió corriendo, pero con la cara vuelta y enviándole besos con las puntas de los dedos.

16

Hay que decirlo, Ley —decía Brian en voz baja, mientras cruzaba los brazos en el volante y apoyaba la barbilla en ellos—. La situación es absurda. Un fin de semana fuera, juntos al máximo, viviendo con ansiedad. Todo está muy claro. O debe estarlo. Yo no quería tocar ese punto. Entendía que tú eras la más indicada, pues cuanto yo siento lo conoces. Lo sabes perfectamente. Me considero un payaso viviendo una realidad que a veces me parece ficción o consecuentemente falsa. Y lo lamentable es que no hay nada más auténtico. ¿Entiendes lo que quiero decir? Tú has tenido tus decepciones; yo, las mías. Los dos hemos vivido como defraudados. Pero eso no indica ni obliga a que ahora sigamos pensando eso mismo de nosotros.

—¿No podemos dejar las conclusiones para otro día? Brian, compréndeme. Vivo feliz, y me conformo con todo lo que tengo a tu lado. Sin lazos ni ligaduras de ningún tipo. Pienso, además, que los sentimientos son los que atan de verdad.

—Y no lo dudo, porque lo estoy viviendo —la voz de Brian era algo ronca, desusada en él—, pero no me gusta la comedia, la falsedad. Y estamos inmersos en ella sin percatarnos. Hemos de ser prosaicos alguna vez y ver la existencia tal cual es. No pienses que tengo prejuicios de ningún tipo. Carezco de ellos. Me niego a aceptarlos, aunque alguna vez asalten mi mente, pero tengo voluntad suficiente para disiparlos y asumirlos si el caso llega. Pero no llega en mí, porque no soy débil ni pusilánime, ni me importa lo que piensen los demás. Sólo deseo ser justo conmigo mismo y con las personas que viven en mi entorno. Por eso te digo que prefiero que vivamos bajo el mismo techo. Y tienes dos opciones: O te vienes a casa con tu hija, o nos casamos. Solteros o casados, no vamos a cambiar mucho. Somos los mismos.

—Es decir, que no me das una tregua.

—¿Más? ¿Sabes cuántas te he dado? —dejó su postura de abandono y deslizó una de sus manos hasta el mentón femenino, que atrapó con suavidad y lentitud. Ley, nos conocemos tanto y con tanta profundidad, que dudar el uno del otro sería necio. No es que yo le dé importancia a un documento —la besó despacio. Ella entreabrió los labios—. Tengo muy claro que el documento firmado con Sonia no me sirvió de nada, por ello creo que huelgan promesas legales y firmas certificándolas. No es eso. Pero si lo nuestro es para toda la vida, lógico que lo demostremos. ¿Por qué vernos a escondidas? Yo soy hogareño. De estar casado, no saldría en coche los fines de semana ni buscaría la complicidad de un hotel o de un motel perdido en la carretera. Prefiero mi casa, el salón, mi alcoba, el jardín. Ésa es la tremenda diferencia que hay entre una relación oculta o una relación clarificada. Espero que comprendas la diferencia.

Se hallaban en el interior del coche, no lejos del portal de aquellos edificios de bloques compactos, aglutinados unos sobre otros formando eles o curvas.

Era la noche del domingo. Aún hacía frío, porque si bien durante el día lucía el sol, el rocío de la noche humedecía y enfriaba el ambiente.

—Ahora mismo —añadió Brian con voz bajísima— no nos despediríamos aquí. Nos iríamos, lógicamente, a nuestra casa. Nos daríamos una ducha y, a la vez, en la intimidad, y frescos, en pijama y en bata y chinelas, bajaríamos a cenar al salón. Después mantendríamos una de nuestras interminables conversaciones, y al fin y al cabo conocerías a mi hijo, que es de vergüenza que no le conozcas aún.

Se quedó suspenso. Leila mantenía la vista baja, fijos los ojos en sus manos entrelazadas, pero él la tenía levantada. El farol amarillento iluminó una figura que corría hacia el portal y otra que estaba un poco más lejos.

¿No era…? Un sudor frío lo invadió. ¿Qué sucedía allí? ¿Y por qué? ¿Qué hacía su hijo Burt en aquel lugar, y qué hacía Andrea escurriéndose por el portal?

—Brian, te has quedado callado.

Brian sacudió la cabeza. Mil ideas raras, terribles a veces, suavizadas otras, se le metían en la cabeza como martillazos.

—Brian, te has quedado mudo. Se diría que has visto una visión.

—¿Una qué? —sacudió la cabeza—. ¡Oh, no, nada! No he visto nada.

—Pues tu aspecto indica lo contrario. Estábamos hablando de nosotros y de nuestras dudas y, de súbito, te has callado como si te hubiesen cosido la boca.

—No son dudas —replicó Brian desviando de su mente lo que creía haber visto—. Las mías, al menos. Pero no cabe duda de que en ti existen, y me tendrás que decir hasta cuándo.

—Mañana nos veremos, y continuaremos esta conversación. ¿Qué hora es?

Brian no necesitó mirar su reloj de pulsera. Al ver a Andrea y a Burt separándose había lanzado una mirada al reloj del automóvil.

—Las once.

—¿Tanto? Andrea sola todo el día. No tengo derecho.

—¿Lo ves? No conoces a mi hijo, y mi hijo no conoce a Andrea. ¿No te parece eso ridículo? Lo nuestro lo sabe quienquiera que nos conozca. Son discretos, y nos aceptan así, pero yo no quisiera que esto se prolongara. Al principio no sabía qué cosa me acercaba a ti. Renunciar ahora a lo que me acerca me parece totalmente absurdo —descendió del vehículo y dio la vuelta para abrir la portezuela de Leila—. Piénsalo.

—Parece que me das un ultimátum, Brian.

—Ojalá pudiera —sonrió él pálidamente, pensando más en los hijos de ambos que en sí mismo, pues el problema podía ser peliagudo para Ley—. Pero el caso es que tampoco deseo forzarte. No sabes lo feliz que sería si llegaras a mí y me dijeras: «Vamos a casarnos, Brian. Ahora mismo».

—Algún día será. Ya lo verás.

Y pasó suavemente su fina mano por la mejilla rasurada de Brian.

Él asió su mano y la apretó contra su boca.

—Vete —dijo—. Vete. Mañana seguiremos hablando.

Y es que tenía prisa por llegar a casa, por abordar a Burt, por saber qué le unía a la hija de Leila, y si sabía que era la hija de su futura mujer.

Burt nunca se iba a su casa. Vivía con su padre, y Brian pensaba que desde hacía algún tiempo su hijo parecía esquivarle. Es más, pensó si sabría lo suyo con Leila. Esto le desagradaría. Pero era lo mismo. Quisiera Burt o no, él tenía su futuro trazado. No se veía sin Ley. Sabía también, porque la vida lo demostraba constantemente, que los hijos tienen su propia vida muy al margen de la de sus padres y que, llegado el momento, lo abandonan todo por la mujer que aman, aunque antes hubiesen puesto un obstáculo en la felicidad del autor de sus días.

Cuando entró en el salón vio a Burt tendido en un sofá, no lejos de la chimenea que chisporroteaba. Burt fumaba, tenía una mano bajo la nuca y los ojos fijos en el techo. Al sentir los pasos de su padre ladeó el cuerpo y la cabeza.

—Hola, papá.

Brian no respondió en seguida. Se despojó de la chaqueta y se quitó la corbata. Despechugado, avanzó con lentitud hacia el mueble bar y se sirvió un whisky.

—¿Quieres, Burt?

—No, no. Acabo de llegar. Me pasé la tarde bailando. He bebido algo, no mucho, pero sí lo suficiente para no desear más.

Brian, con el vaso en la mano y un cigarrillo entre los dos dedos de la otra, flemático como era, pausado, incluso parecía perezoso, cuando era todo lo contrario. Se fue a sentar en el sofá enfrente de su hijo y teniendo una mesa por medio y la chimenea al fondo.

—¿No tienes novia, Burt?

—Bueno… Para eso siempre hay tiempo. Las relaciones largas son una pesadilla. Prefiero echarme novia cuando ya esté situado, con la carrera terminada y dispuesto a formalizar.

—Ya, ya. Verás, esta noche he pensado ver visiones.

—¿Sí?

—Por lo menos creí reconocerte despidiendo a una preciosa mujercita.

Burt echó los pies al suelo. Se quedó sentado, apoyado con ambas manos en el sofá, una a cada lado del cuerpo.

—Dices que me has visto —parpadeaba—. ¿No me habrás confundido?

—Es posible. Eso quisiera. Sí; eso quisiera…

Hizo una pausa, y bebió un sorbo. Burt no tuvo fuerzas ni valor para preguntarle el porqué de aquel «quisiera».

—¿Y no te asombra que prefiera haberte confundido?

—Pues…

—Dime, Burt, dime, ¿conoces a la hija de mi novia?

—Pues…

—¡Burt!

—Sí, sí. La vi con vosotros un día, una noche. Un segundo. No sabía quién era. Pensé —otro titubeo—, pensé si sería tu romance.

Brian no se espantó. Había decidido tomarse las cosas con calma. No pretendía hablar con un niño, sino con un hombre, joven, sí, pero él conocía a su hijo y sabía cómo Andrea había madurado muy pronto, pero también sabía que nunca es pronto para madurar.

—Nunca me gustaron las jovencitas, Burt; tú lo sabes. Por otra parte, mi madurez me prohibió toda mi vida convertirme en un payaso, buscando una juventud que iba en decadencia, porque los años no perdonan jamás, aunque tengas espíritu juvenil. Yo salgo con Leila, la madre de Andrea. No me digas que lo ignoras.

Burt se puso colorado.

—¿Sabes? —dijo de súbito. No me vendrá mal un whisky.

Y se fue a buscarlo. Su padre se fue tras él. Y mientras Burt, con nerviosismo, manipulaba tras el curvado mostrador, Brian se encaramó a una banqueta y se quedó con los codos sobre la barra.

—Burt, ¿no tienes nada que decirme?

—Supongo que ya sabes todo cuanto te pueda decir.

—Lo cual indica que esta noche no vi visiones.

—¿Estabas con ella? ¿Nos vio ella?

—¿Qué asunto es ese tuyo con Andrea, Burt? —la voz de Brian era ronca. Nunca Burt había visto en la mirada de su padre semejante brillo de ansiedad—. Andrea es para mí como una hija. Debes suponerlo. También supones, estoy seguro de ello, que yo no juego a conquistar, a engañar a una mujer. No nos hemos casado aún porque Leila no se decide. Lo mío con Leila no es ninguna broma. Es todo muy serio. Y justamente a su hija la quiero como lo que es, la hija de la mujer por la que lucho para que sea mi esposa.

Burt bebió un sorbo de whisky. Y, a la vez, por encima del vaso, miraba a su padre fijamente.

—Creo, papá, que tú también me conoces a mí.

—Te conozco como hijo, y estoy orgulloso de ti, pero, como hombre reaccionando ante una mujer, no tengo por qué conocerte. Me pareces honesto y cabal, pero una cosa es parecer y otra ser. Y no siempre coincide lo que parece con lo que se es realmente.

—Amo a Andrea. Te aseguro que tanto como tú puedas amar a su madre. Me refiero a la madre de Andrea. Claro que sé lo tuyo, y lo sabe Andrea, y os respetamos al máximo, a la vez que estamos contentos con lo vuestro. Pero Andrea no desea que su madre conozca nuestras relaciones.

—¿Y por qué?

—Pues porque dice que su madre tiene todo el derecho del mundo a actuar como considere oportuno o desee, pero jamás coaccionada por las relaciones que ella pueda tener con el hijo del hombre que su madre ama, con el cual, por lo visto, no desea casarse.

Brian bebió un trago largo. Fumaba con nerviosismo, sin apartar los ojos de la mirada serena y firme de Burt.

—Espero que tus relaciones no sean pasajeras. Y, si lo son, no cales demasiado en ellas. El mayor dolor para un ser humano es la decepción, la frustración. Nadie debe causarla, al menos sabiendo que así lo hace. Espero que, si no es sincero lo que sientes por ella, dejes de verla o de buscarla.

—Es verdadero, papá.

—¿Cómo coincidisteis? ¿Y cuánto tiempo lleváis saliendo? Me gustaría saberlo. Toma tu vaso y ven a sentarte conmigo junto a la chimenea. Hablemos como dos hombres. Y en cuanto a lo que dice Andrea de su madre, es cierto. Prefiero que ignore lo vuestro, al menos hasta que ella no decida lo nuestro. Porque tú sabes que yo ya lo tengo decidido, pero Ley no está aún segura de nada. De su amor por mí, sí —caminaban juntos hacia el rincón de la chimenea—. Pero una cosa es el amor, y otra un lazo para el resto de la vida. Leila es de una sensibilidad exagerada: teme no hacerme siempre feliz. Noto que no soportaría una duda referente a ese tema, ¿entiendes?

Se sentaron, y depositaban los vasos sobre la mesa.

—Te contaré cómo y cuándo la conocí, y el tiempo que llevamos saliendo juntos. Nos amamos mucho. En mí no cabe duda con respecto al futuro, y en Andrea tampoco.

17

Leila empujó la puerta con cierta desgana, y entró en su casa.

—¿Eres tú, mamá?

—Sí, sí… Voy a cambiarme. En seguida estoy contigo, Andrea. ¿No has salido?

—Ya he vuelto.

Andrea sentía los pasos de su madre. Se acomodó mejor en la butaca. Trató de abrir los libros. Había comido a toda prisa. Se había duchado y cambiado de ropa con el fin de que su madre no sospechara que llevaba el día y parte de la noche fuera. No era su intención engañar, sino callar algo que podía fácilmente obligar a su madre a precipitarse, lo cual ella no deseaba, porque Leila u obraba por su cuenta y riesgo o se quedaba así.

La vio aparecer al rato. Estaba algo pálida, si bien tan bella como siempre, y muy rejuvenecida.

Nadie podría ya compararla a la mujer necesitada que recibió aquella noche al padre de Burt. Era muy diferente. Incluso sus movimientos, gestos, ademanes, eran diferentes. Pero Andrea veía una nube de incertidumbre en su mirada: pensaba que la vida junto a su padre le había marcado demasiado. El fantasma de aquella existencia de años parecía escurrirse en el tono de su voz, a veces confuso, y en la mirada de sus verdes ojos, que parpadeaban inusitadamente de vez en cuando.

—Me gustaría hablarte de algo, Andrea.

—¿Algo de qué, mamá?

—Verás, yo sé que tú lo sabes. ¡No voy a saber! ¡Y no vas a saber tú! Hay cosas que se notan, aunque nadie las comente —se hundió en una butaca y cruzó una pierna sobre la otra—. Andrea… yo no sé qué hacer. Es algo que está como golpeándome las sienes. Y no encuentro solución. Tal vez tú, con menos años, pero con más conocimientos y con la evolución lógica de tu generación, me puedas orientar.

—Dime sobre qué, mamá.

—Tú sabes que yo… que… yo… tengo relaciones con… Brian.

Andrea dio una cabezadita.

—¿Quizá no estás de acuerdo?

—¿Con qué, mamá?

—Con esas relaciones. Hay que pensar que tú eres una mujer, y que yo… quizá me equivoque en cuanto a una decisión futura, y lo que más lamentaría es equivocarme… Me refiero a tu padre. Era un gran hombre, y… también un pobre hombre. Lo quise mucho. Tanto es así que renuncié a la juventud, a la felicidad plena por su fidelidad y por la mía, que correspondía a la suya —se pasó los dedos por el pelo, maquinalmente—. Sin embargo… cuando conocí de veras a Brian, me di cuenta de que jamás había vivido el amor, ni siquiera cuando te concebí a ti. Es ridículo todo esto, y casi me da vergüenza confesarlo, pero es la realidad. Y no puedo ni quiero disfrazarla. Pero pese a todo lo que cuanto digo indica, no me siento con decisión para afrontar las cosas, y sé que con mis indecisiones estoy dañando a Brian.

Andrea la miraba con cálida ternura. Incluso deslizó una mano y asió los dedos de su madre, que caían desmayadamente a lo largo del brazo de la butaca que ocupaba.

—Mamá, tus indecisiones son fruto de cuanto has sufrido antes. Es lógico que te suceda eso. Yo diría que es una situación psicológica normal. La persona temerosa es aquella que, por una causa u otra, sufrió miedos. Miedos muy hondos. A la que no sufrió ese tipo de situaciones, todo le parece normal, y lo vive sin reflexionar, porque la reflexión suele producir vacilaciones e indecisiones. Tú quisiste a papá, y le hiciste tan feliz como él deseaba. No deseaba ni más ni menos. Lo que alcanzaba su mentalidad, que por la forma en que vivió debió ser muy limitada. Yo lo entiendo todo. Y es que vivimos distinta dimensión en valoración a las cosas que ocurren, y nos damos cuenta de por qué ocurren. Te digo esto porque considero que tú no debes pensar en si estoy de acuerdo o no lo estoy, en si papá esto y lo demás, en que si harás o no harás feliz a Brian. Es lógico que lo hagas; de lo contrario, no tendrías relaciones con él, y se me antoja que son plenas. ¿O no lo son mamá? Porque lo único que te falta es vivir en su casa.

Leila daba cabezaditas y miraba sus pies enfundados en zapatillas azules.

—Y te diré más, mamá. El día que me enamore…, yo no pensaré en ti. Es ley de vida. Pensaré en mi futuro compañero, y en mí, en los hijos que podamos tener, en la vida que disfrutaremos juntos. No sería lógico pensar en los demás. El amor no da margen para reflexionar sobre los otros. ¿Te das cuenta? Te la tienes que dar, porque no me cabe duda de que no sales con Brian sólo por distraerte o por tener una satisfacción sexual. Eso no cabe en ti.

—¿Y tú estarías de acuerdo, Andrea?

—Mamá, que te lo estoy diciendo por adelantado. Podría pedirte un consejo, pero en cuanto al amor, si lo sintiese, no tendría en cuenta ese consejo como tal, porque siempre haría lo que yo considerase oportuno. O, más aún, lo que sintiera que necesitaba hacer.

—Si me caso con Brian tendría que dejar este piso, Andrea, y no estoy de acuerdo en dejarte sola.

—¿Sola?

—En casa de Brian hay un hombre joven, que no es tu hermano, que, según he visto por fotografías es apuesto, muy a lo Brian en joven… No me parece muy normal que vivamos los cuatro bajo el mismo techo, siendo vosotros jóvenes. No sé si me explico.

—¡Oh, sí! —sonrió Andrea, doliéndole tener que callar lo que sentía por Burt—. Te entiendo perfectamente, pero no estoy segura de comprender el significado de tus temores. Porque, si me gustara Burt, y yo a él… de poco iba a servir vivir bajo el mismo techo o a mil leguas de distancia.

Y como Leila parecía pensativa, la hija añadió, quedamente, persuasiva:

—Mamá, que con tus vacilaciones pareces una mujer infinitamente mayor. Sin embargo, eres deliciosamente joven y bonita. No te líes con los después. No merece la pena. Los ahora son lo único que importa, porque esos después... a veces ni siquiera se producen.

—Me da cierta vergüenza hablarte de todo esto. Pero... ha llegado el momento de decidir.

—Y no me digas que sobre el particular tengo que aportar yo mi opinión.

—No es eso. Es que tú lo sabes desde que se inició, aunque jamás has tocado el tema, lo que me produce a mí cierta sensación de culpa.

—¿Por amar?

—Y por ocultarte ese amor.

Andrea se levantó y se acercó a su madre. Tomó su cabeza entre sus brazos y la apretó contra su pecho.

—Mamá no vaciles más. No te servirá de nada. Y en cuanto a mí, no te preocupes. Mi iré a vivir con vosotros. Y si en casa de Brian hay un hombre joven y apuesto, mejor.

—¡Andrea!

—Mamá, que ya te casaste hace diecisiete largos años; que yo soy ya una mujer; que siento como tal; que deseo realizarme un día, y que no te voy a preguntar tu parecer... Por favor, no me seas anticuada, porque tu forma de ver la vida es diferente de como la vives en realidad.

Leila daba cabezaditas, pero si bien se iba levantando, no por ello dejaba de mirar a su hija.

—Tendré que decidir, Andrea. No sé cuándo ni si tardaré mucho, pero sin duda un día de éstos tendré que decidir. Buenas noches, Andrea, y perdona que te haya dado la lata.

* * *

—Papá lo sabe —se agitaba Burt, hundiéndose y emergiendo en la piscina del polideportivo—. Nos vio anoche, cuando nos despedíamos junto al portal… Pero, no te ahogues. No le dirá nada a tu madre, pero sí que le pondrá un ultimátum.

—¿Un… qué?

—Ultimátum. O lo consagran de la forma que sea, o lo dejan. Papá está decidido. Está cansado de ocultarse. Se ha cansado de esperar. No me lo ha dicho, pero lo noté en su mirada. No teme por nosotros dos. No, no teme. Sabe cómo siento, cómo pienso. Confía en ti.

—¿Le has dicho que sabías… cómo nos conocimos?

—Ese tema ni lo toqué yo, ni lo tocó él. No merece la pena. Lo sabemos los tres. Y él, conociéndote, supone que me lo habrás contado. La que no debe saberlo jamás es tu madre.

—Vamos a sentarnos.

Nadaron con brío hasta la orilla, encaramándose ambos en el borde de la piscina, codo con codo.

—Da gusto que las tardes sean más largas y que el sol luzca más horas —dijo Burt—. De ese modo no hay necesidad de correr a casa ni de esperar a los fines de semana para vernos.

—Anoche, mamá me habló.

Burt dio un brinco.

—¿También a ti?

—Pero de distinto modo. Ella no sabe que salimos, que nos amamos… —y con voz tenue refirió cuanto la madre le comunicara de sus dudas y temores—. Dime cómo puedo convencerla, Burt.

—No eres tú quien tiene que hacerlo, sino papá. Y lo hará. Verás que sí.

Pero no sucedió así. Porque, inesperadamente, Brian salió de viaje por asuntos de negocios, y estuvo ausente una semana o dos. Debido a que su madre se pasaba el día bien en el trabajo, bien en casa, Andrea podía salir menos o salir muy poco; no porque aquélla se lo prohibiera, sino por hacerle compañía y en evitación de que conociera sus relaciones con Burt antes de lo que ella deseaba, y con el fin de que reaccionara por sí sola, sin más empuje que el de su pareja.

Pero Andrea, un día, durante aquellas dos semanas (porque fueron dos), decidió ir habituando a su madre a la existencia del hijo de Brian en sus vidas.

—Mamá, he conocido a Burt.

—¿Qué?

—Estabas muy lejos con tus pensamientos, ¿verdad?

La madre sonrió apenas.

—Un poco, sí… sí…

—¿Te ha llamado Brian?

—Claro. Lo hace todo los días a la oficina. Por la noche no puede, por el cambio de horario. Anda por Hispanoamérica. Vendrá el sábado de la próxima semana. Pero, dime, dime, ¿has conocido a Burt de verdad?

—Es guapísimo.

—¡Andrea!

—Y sabe lo de tus relaciones con su padre. Está contentísimo.

—Pero…

—Eso me dijo. Estuvimos juntos el otro día. Él termina la carrera este año, y domina también varios idiomas. De modo que, como va por la empresa algunas mañanas, el otro día me lo presentaron. ¿Nunca lo has visto tú?

—En fotografía.

—Pues él te conoce a ti. ¿Quieres que lo invite a merendar?

—¿Qué? Estás loca.

—Pues no entiendo por qué. Burt es encantador. Muy serio. Se parece a Brian. Son exactos, con la diferencia de que los años imponen a cierta edad. La de Burt, muy poca; la de su padre más, que es veinte años mayor. Ya sabes —se aturdía—. Te aseguro que, además de simpático, es tan caballero como Brian. Su mismo carisma, su sonrisa cálida, su mirada afectuosa… Está muy contento de que su padre sea feliz contigo.

Leila enrojeció:

—Me pones en un apuro, Andrea. Yo… no terminaré de habituarme… Llevo dentro demasiada pelusa, demasiados recuerdos que me son ingratos, y me da miedo la felicidad que siento junto a Brian. Mi cabeza es un caos, Andrea. Te aseguro que al principio sólo me dejé llevar por el instinto, no pensé que mis sentimientos se complicaran. Pero el caso es que los tengo complicados.

—Porque quieres. Una cosa, mamá, y perdona que insista. Como soy amiga de Burt, estamos haciendo planes para salir juntos alguna vez. Esta noche, por ejemplo, me invitó a salir. Y añadió que le gustaría que tú nos acompañaras.

—¿Yo? Pero… si no lo conozco.

—Mamá, no seas anticuada. Tan liberada para unas cosas, y tan retro para otras. Es el hijo del hombre que amas, y cuando Brian sepa que vas a cenar con Burt y conmigo, se llevará un alegrón de miedo.

—Pero…

—¿Hablo con Burt? ¿Le digo que sí?

—Siéntante, Andrea. Aquí, junto a mí. Eso es. Y ahora, mirándome a los ojos… No los apartes, Andrea…

—Pero, mamá…

—Noto algo raro en ti, Andrea… Y sentiría que fuese lo que imagino. Y no lo digo por mí, sino por ti… Eres muy joven. Yo tenía menos edad que tú cuando me deslumbre. No hay nada peor, y esto lo sé por experiencia, que un amor temprano y frustrante… Yo lo sigo teniendo en mí en forma de secuelas negativas. Y Brian también, aunque lo disimule o sea más fuerte que yo para soportarlo, asumirlo o disiparlo. Pero, sea como sea, te aconsejo que no te enamores. Que tiempo para hacerlo te sobra. Además, un matrimonio joven siempre resulta negativo, salvo raras excepciones…

—Eso quiere decir que no aceptas la invitación de Burt. Él lo hace con buen fin. Es un joven, sí, pero yo también lo soy, y no vivimos desprevenidos. Tú eras diferente, mamá. Hace veinte años, la vida era muy diferente. Nacían los hijos sin que los padres se enteraran apenas cuando los engendraban. Hoy no ocurre eso, y es mejor para la pareja. Sabe por dónde anda, cuándo decide detenerse o cuándo continuar. La madurez llega antes, mucho antes que os llegó a vosotros.

Verás como la generación venidera será también diferente, porque el mundo no se detiene, ni la tecnología, ni la evolución, ni los inventos. El mismo ser humano da pasos gigantescos adelante, hacia el progreso.

—Pareces una anciana hablando —reía Leila, a su pesar.

—Pero soy joven, y muy madura. Sé cómo pienso, cuándo siento, y si me apetece, también eduqué la voluntad para desviar de mi mente aquello que no deseo.

—Y esta noche deseas cenar con Burt y conmigo.

—Ni más ni menos.

—¿Le amas?

Así, de súbito, Andrea fue pillada desprevenida.

—Miró a su madre con los ojos agrandados. Ésta sólo le dio un golpecito en la espalda, siseando:

—No vamos a ir, pero ya sé lo que deseaba saber.

18

Se lo había dicho por la mañana por teléfono:
«Llego mañana a las ocho. Por favor, ve a
buscarme. Toma un taxi. Yo tengo el coche en el
aeropuerto. Es sábado, por lo tanto no tienes
que dar explicaciones ni faltar al trabajo. ¿Cómo estás, Ley? Dos semanas… Es demasiado
tiempo. Tengo que hablar contigo de muchas
cosas. De estas necesidades. De cómo tienes tú
que decidir… De lo que yo te echo de menos…».
Se hallaba sola en el despacho. Y, como siempre, temerosa de que alguien pudiera adivinar lo
que sentía o pensaba. Incluso estaba hablando
en voz muy baja.

—Iré a buscarte. Pero te diré que sé algo muy
delicado.

—¿Como qué?

—Nuestros hijos se conocen.

—¡Ah!

—¿Tú lo sabías?

—Mañana hablaremos. Me están esperando para comer. Después, dentro de una hora, tengo una cita con un cliente. A las cuatro de la tarde tomo el avión. Tomará tierra en Baltimore a las ocho de la mañana. Después hablaremos.

—¿Sabe tu hijo que llegas hoy?

—Mañana, Ley.

—¿Lo sabe?

—Yo sólo tengo que comunicarme contigo. Él ya me verá cuando llegue. Y si eso que tú me dices es cierto, pues tanto mejor…

—Eso tendremos que discutirlo, Brian…

—¿Eres tonta? ¿No sabes que ellos están capacitados para discutirlo entre sí? ¿Por qué hemos de inmiscuirnos tú y yo en sus cosas? ¿Acaso ellos se inmiscuyeron en las nuestras? Pero eso no nos incumbe ahora. Mañana, en el aeropuerto. Recuérdalo.

—Sí, Brian…

Iba en el taxi pensando en todo eso.

Vestía un modelo de color beige claro, zapatos y bolso haciendo juego. La primavera avanzaba; pronto llegaría el verano. Pensaba qué haría ella cuando Brian le planteara el ultimátum, porque sabía que se lo iba a plantear. No conocía a Burt, pero tenía la clara sospecha de que su hija sí le conocía bien, y de que Brian no era ajeno a nada de cuanto se relacionara con aquella amistad... ¿sentimental?

Pagó el taxi y se fue directamente al lugar en el cual asomaría Brian dentro de poco. Supo en seguida que el avión no traía retraso. Se quedó de pie. No podía sentarse. En aquellas dos semanas de ausencia fue cuando más supo lo que echaba de menos la existencia de Brian junto a la suya. Y lo que para ella representaba aquel vacío. Era inútil luchar, porque las secuelas de su frustración se iban disipando; apenas si quedaba nada. Más aún sabiendo que su hija tenía relaciones con Burt. ¿De qué tipo? Había que suponerlo, dada la belleza y juventud de Burt, y también su madurez, así como la arrogancia y la virilidad del hijo de su futuro marido...

Porque se casaba. No iba a luchar más con fantasmas. No merecía la pena. Su vida sin Brian era una pasividad absoluta, y con él una turbación alentadora y estremecedora. ¿Qué le quedaba por hacer? ¿Contra quién luchaba, huyendo de aquella realidad? Contra sí misma. Pero ya no. No podía más.

De súbito dejó de pensar. Vio el avión tomar tierra; el bus, que se acercó al aparato y los pasajeros que descendían. Y a Brian. Sí, sí, veía a Brian con su traje azul noche de alpaca, su camisa blanca, su corbata. Impecable y arrogante. Era un tipo que desde que empezaron a tratarse incluso había rejuvenecido, y eso que para ella siempre fue un hombre atrayente, aun sin conocerlo en la intimidad.

Caminó, apresurada, hasta la puerta. Brian era uno de los primeros, con su maletín de viaje y su sonrisa, que, al curvar los labios, parecía talmente que la estaba besando deleitoso.

—Ley, Ley… —y la apretó contra su costado. Ven, recogeré las maletas y nos vamos a casa a toda prisa. Pero antes pasaremos por el lugar que ya te diré. Me esperan allí.

—¿Dónde?

—Ya te diré —y hacía señas a un maletero—. Lleve todo eso a mi coche. Síganos.

Y sin soltar a Leila, que llevaba asida por la cintura, dobló la cara y la miró a los ojos. Ella levantó los suyos.

—Leila, nos vamos a casar.

—¿Qué?

—Antes de entrar en casa. Mandaré el equipaje en un taxi.

—Pero, Brian…

—¿Quieres o no quieres? Mira, lo he dispuesto todo desde Santo Domingo. He llamado a un juez amigo mío… Ya tengo allí dos testigos esperando. Y mañana por la mañana nos marchamos por un mes. También he pedido el permiso. No sólo para mí, sino para los dos…

—Pero, Brian. Todo así… Tan precipitado…

—Una de esas maletas es toda tuya. No sé si dejarla en el aeropuerto. Es tu ropa para el viaje. De modo que… Pero no. Deja que la lleven a casa. Ya iremos a buscarla después. Sólo tendremos dos testigos. Y no haremos alarde de una boda. Nos casamos, y en paz.

—Brian, me aturdes. Siempre te consideré un tipo flemático. Pero de repente me sales impetuoso.

—No me digas que ignorabas que era impetuoso, porque mi flema no tiene nada que ver con el ímpetu que me mueve en este instante.

Subieron al coche. Brian dijo, mirándola un segundo:

—Estoy loco por besarte como tú deseas y yo quiero, pero ya lo haré después.

* * *

Cuando lo hizo ya estaban casados. Leila aún no había reaccionado, pero sí que estaba mirando a su hija y a Burt firmar como testigos. Burt, que era el vivo retrato de su padre cuando era joven, y, aunque ella no lo hubiera conocido entonces, se daba cuenta de que el Brian de hoy tuvo que ser como este Burt.

Ya en la puerta del juzgado y casados, asiendo a Leila contra sí, les decía a los dos jóvenes.

—Cuidado con lo que hacéis. Pero os daré un encargo. Instalaos en el palacete y preparadlo todo para recibirnos dentro de un mes. Me he traído la maleta con la ropa de Leila, la que yo he comprado por esos mundos pensando en el viaje de novios que haremos durante un mes. Andrea, Burt —los miraba fijamente—, prometedme aquí que seréis cuerdos y mantendréis la palabra que me vais a dar.

—Pero… —Leila se alteraba, pese a su carácter de mujer pausada—. ¿Los vas a dejar solos en tu casa? ¿No me estás indicando claramente que se aman? ¿Cuándo has visto tú que el amor pueda jurar neutralidad?

—Este amor, Leila querida —decía Burt, al estilo serio de Brian— no es un amor joven. Ya tiene meses. Pronto hará un año. Nos gusta estar juntos, y sabemos que es para siempre, pero como tú vives a veces en el pasado, no acabas de entender que todo lo de hoy pertenece al ahora, no al antes… pero no temas. Seremos formales. Doy mi palabra. Me costará cumplirla, pero la doy. Y la cumpliré.

—Andrea…

—Mamá, si Burt te la da… yo tendré que seguirla. Además, en un mes no tendremos tiempo para mucho, pues he de vender los muebles de la casa del bloque y traer todo lo personal al palacete. Si te digo la verdad, estoy feliz de verte casada, pero tanto o más —y sus ojos se humede- cían— de vivir en una casa como Dios manda y no tropezar con las paredes cada vez que me muevo.

Tanto Andrea como Burt los empujaron ha- cia el coche. Ellos se quedaron de pie junto al de- portivo del joven.

Más tarde, mucho más tarde, cuando Brian ya tenía a Leila en sus brazos, ella aún decía:

—Solos… solos…

—Si te callaras…

—¿No te das cuenta?

—¿De que se aman y que el amor empuja, arrastra… obliga? Ya lo estoy viviendo. Pero pa- rece que tú no te das cuenta de que hace dos se- manas interminables que no te toco, y cuando lo hago me emociono como un colegial.

Fue inútil. Leila no pudo hablar de su hija y de Burt. Y es que de súbito se le borró todo de la mente.

Los besos de Brian eran como estallidos si- lenciosos. Como fuego desleído. Y ella se opri- mía contra él como la primera vez en el portal de los bloques, cuando él la asió contra sí, y ella se puso a temblar, y le siguió hasta aquel hotel.

El viaje de novios fue algo inolvidable. Si bien alguna vez recordaba a su hija y lo que harían en la casa, Brian reía en su boca, le hacía dos caricias y terminaba siseando:

—Se casarán. No pronto, pero lo harán… Y tendrán hijos, que serán nuestros nietos… Yo no quiero tenerlos, Leila. Y supongo que tú, tampoco. No me gusta ser un padre viejo. Espero que tú estarás de acuerdo conmigo. Porque, si bien eres más joven que yo para ser madre, prefiero que seas sólo esposa, amante, amiga, compañera y todo lo demás.

Era fascinador. Acostarse con Brian y despertar a su lado era lo que más la emocionaba. Y saber, por encima de todo, que nada empalidecía y que ella y Brian seguían teniendo día a día más y más apetencias.

Al regreso fueron recibidos por dos jóvenes formalitos y emocionados.

—Hemos cumplido la palabra —dijo Burt, riendo burlonamente, pero besando a Leila con tremendo afecto—. Te aseguro Leila, que la hemos cumplido, con dolor de nuestro corazón, pero la hemos cumplido.

Y era cierto, por eso, esa tarde que dejaban a sus padres descansando, se fueron solos en el coche de Burt. Y fue la primera vez que Burt conoció el piso del bloque.

Estaba vacío, porque Andrea ya lo había vendido todo, si bien conservaba la llave para entregarla al día siguiente en las oficinas de la empresa.

Pero el hecho de que estuviera vacío no era óbice para que ellos no lo emplearan como ocasional punto de amor, nido de amor, y hasta la noche no salieron de allí, si bien Burt decía:

—No entregues aún la llave.

—No seas exigente.

—A este paso no aguanto mucho tiempo soltero, ¿entiendes? Decir que si casarse joven es esto y aquello es una tontería. A unos les va bien, y a otros mal, pero nosotros tenemos mucho adelantado. El porvenir resuelto, colocación, dinero y una sociedad que es la nuestra y, sobre todo, el amor que nos une.

Pese a todo, Leila se negó en redondo a permitir que su hija se casara antes de los veinte años.

Cuando al fin los cumplió, después de conocer a Burt tanto como si ya fuese su marido, aunque su madre pensase lo contrario, aún le faltaba a ella un año para terminar la carrera, pero Burt ya trabajaba como economista en el mismo despacho de su padre.

Leila no dejó su empleo, al contrario. Dos años después de haberse casado con Brian, se jubiló la señora Hamilton, y ella quedó de jefa de relaciones públicas. Brian era director de la empresa. Andrea, terca e inteligente y dispuesta a prosperar cuanto antes mejor, se convirtió en jefa de su oficina de relaciones exteriores.

Fue una boda sencilla. Burt y Andrea pudieron casarse por la Iglesia y por lo civil, puesto que ambos eran solteros. Una boda íntima, con pocos amigos, y ellos dos. Leila y Brian de padrinos. Un banquete después. La joven pareja se fue antes de terminar la comida porque perdían el avión que los conducía a Ibiza. A una España llena de sol y de alegría que Andrea tenía muchos deseos de conocer.

Esa noche, Brian y Leila se quedaron sentados en el salón mirándose con ternura.

—¿Sabes, Brian?

—Dime, y lo sabré cuando me lo hayas dicho...

—Pienso que el amor de nuestros respectivos hijos ha empalidecido un poco el nuestro, pero casi merece la pena, porque ellos son muy jóvenes y tienen toda una vida por delante.

—¡Ah, eso sí que no! Ellos viven por ellos; nosotros vivimos por nosotros mismos.

Y, sin más, se levantó y la asió de la mano.

—Vamos...

—Brian.

—Que vengas, timorata. Que vengas...

Y ya en la alcoba, empezó a despojarse de la ropa y se fue al baño.

—Ley...

—Dime.

—Entra...

—Pero, Brian.

—¡Ah! ¿No quieres? ¿No te gusta jugar con tu marido? Pues un día me iré y buscaré a alguien que se bañe conmigo.

Leila, riendo nerviosamente, pero enervada como siempre que Brian la reclamaba así, se deslizó hacia el baño.

—Cierra la puerta.

Leila cerró con seco golpe. Después quedó erguida, mirando a Brian erótico y a la vez infantil, haciendo como que buceaba en el agua.

—¿Qué esperas? Leila, Leila, que llevamos años casados y aún tengo que reclamarte para que respondas como Dios manda.

Leila respondió, porque además de estarlo deseando, en ciertos momentos Brian era como un delicioso loco. Y ella, a su lado, sentía la misma deliciosa y enervante locura.

Otros títulos de Corín Tellado
en Punto de Lectura

El regreso de Guy

Guy fue su primer amor. Kima vivió con él un año maravilloso. Pero el padre de Kima se interpuso. Cuando años más tarde volvieron a encontrarse, sintió que su amor renacía, pero ¿cómo podía olvidar todo lo que había sucedido?, ¿cómo podía amar aún al hombre que tan despreciablemente se había dejado chantajear por su padre? ¿Podría triunfar el amor sobre los obstáculos de la traición y las diferencias de clase?

El engaño de mi marido

Poco se imaginaba Megan que su enamoramiento, que era la base de su felicidad, sería la destrucción de su familia. Ni que su padre, que había empezado de la nada, se opondría a su noviazgo con Ralph. Y esa oposición fue tan cruel y humillante... Tanto como la venganza de Ralph. Y ella, buena, inocente y enamorada, temblando en medio de los dos hombres más importantes de su vida como una hoja en la tormenta...

Cásate con mi hermana

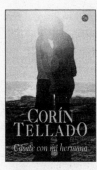

Omar amaba a Nona. A pesar de todo, por encima de su frialdad, de su lejanía y de sus silencios. Se casó con ella sabiendo que pensaba en otro, que nunca sería realmente suya. Al poco de casarse descubrió que su frialdad escondía algo, que la mujer a la que tanto amaba era distinta de lo que él había pensado, y que Eric, hermano de Nona y amigo de Omar, era en gran parte responsable de la tristeza de la mujer con la que estaba decidido a compartir su vida.

Semblanzas íntimas

Cole nunca fue una niña como las demás. Silenciosamente, siempre había amado a Burt, el patrón del rancho donde su padre trabajaba como capataz. Cuando termina la formación educativa de la protagonista, él, siempre tan indiferente, repara en ella por primera vez, y Cole se presta a sus deseos. Su amor por él hace que se sacrifique hasta el punto de verse convertida en su amante, en un entretenimiento más, que ella acepta a pesar de todo. Pero sus firmes y profundos sentimientos logran que resista tan dura prueba y salga de ella triunfante.